「他」開朗如陽光，「她」冷漠如冰河，
一段演藝圈「孽緣」，使性格截然相反的兩人走到一起。

「他」是「她」最討厭的類型，「她」也是「他」敬謝不敏的對象，
就在兩人拉拉扯扯、爭執不休時，死亡威脅已逐步逼近……

笑靨如花的甜美女子、油腔滑調的開朗青年、哭哭啼啼的柔弱後輩
——究竟誰戴上了虛假的面具？

目錄

目錄

第一章

第一章

「妳看，那個人像不像『RED』裡頭的戴碧？」一個小小的、開心的、充滿雀躍的聲音傳了過來，目前在歌壇上極富盛名、擁有大批粉絲的火紅團體——RED三個人全都低下頭來。

「有嗎？」另外一個聲音說道。

「有！那個很像黎貝嘉，那個也很像艾茉莉，可是又不太確定……欸，妳幫我看一下嘛！」

她們不是沒化妝嗎？還這麼容易被人認出來？RED三個人彼此望了一眼，心照不宣，看來待會得小心點逛街，免得又被其他人看破。

還好對方沒衝過來詢問，她們就當作沒事，繼續坐著。

戴碧拿起漢堡，大口咬下，後面又傳來：

「小萍，妳看，有姚君翔耶！」

姚君翔？戴碧偷偷往後瞄了過去，說話的是兩個小女生，看來才國中生模樣，正滑著手機，看著上面的娛樂新聞。

原來如此，她還以為偶像劇《紅豆情人》裡，那個紅得發紫的姚君翔也出現在這裡。

「真的嗎？我看看，哇！果然是姚君翔耶！好帥！」叫小萍的女孩子尖叫起來。

「很帥喔？可是聽說他這次跟那個新人李瑩，被拍到雙雙出現在PUB。」

李瑩？戴碧不由得一怔，是他們公司的藝人，剛出道沒多久的李瑩嗎？而且目前還和姚君翔合拍《紅豆情人》，擔任裡頭的配角。這是宣傳的把戲嗎？

「咦？上次不是才聽說姚君翔跟何心蘭、童夢唯都有緋聞嗎？」

「對呀！人家長得帥嘛！」

「嗯、嗯，對呀！我妹最喜歡他了，房間裡還有他的海報。」

「我也是，上星期我才去他的簽名會拿他的海報，我還跟他握手了喲！」

「哇！好棒！他握妳哪隻手？告訴我！是這隻嗎？還是這隻？上禮拜我被我媽禁足，都不能去。等下我去妳家裡，妳借我看海報好不好？」那個叫小萍的女孩無視於在公共場所，瘋狂的叫了起來。

「好啦！好啦！妳小聲一點啦！」另外一個女孩制止著，叫小萍的女孩才沒有失控下去。

姚君翔？

戴碧抿了抿嘴，她早就聽過他的「盛名」了。姚君翔以他那張陽光開朗的臉龐，永遠不打烊的笑容，贏得不少粉絲的愛戴。即使他今天跟這個女星、明天跟那個藝人在一起，風流韻事不斷，還是無損他的魅力，只是沒想到同門的李瑩也淪陷下去。

不過，那是李瑩的選擇，她也不想說什麼。姚君翔花名在外，如果李瑩又執迷不悟的話，那也只能說青菜蘿蔔各有所好啦！

※　※　※

「嗚嗚嗚……」

進到公司，還沒推開會議室大門，戴碧就聽到哭泣聲，她眉頭微微一蹙，疑惑的將門打開，看到她們的師妹李瑩，正窩在黎貝嘉的懷裡哭泣。

「怎麼了？」她開口問道。

李瑩聽到聲音，抬起頭來，一張臉龐哭得梨花帶雨，好不傷心，見到戴碧走了進去，趕緊撲了上去。

「戴碧姐！」

「發生什麼事了？」她向黎貝嘉問道。

「妳問小瑩吧！」黎貝嘉也是一臉傷腦筋。

「小瑩，怎麼了？」

李瑩抬起頭來，嗚嗚咽咽，不斷啜泣著，還語帶哽咽，她哭得鼻頭都紅了。「戴碧姐……」她還在哭。

「嗯？」戴碧眉頭一挑，不怒而威，讓人看了心生畏懼，李瑩不敢再放肆，總算回答：

「戴碧姐，我……我被騙了啦！」

「誰騙妳？」戴碧總算有點緊張。

「嗚……就是那個姚君翔啦！」

姚君翔？她知道，前兩天李瑩和他的新聞還上報，娛樂新聞都在講他們兩人的事情，怎麼還不到一個禮拜，李瑩就哭得慘兮兮的？

「到底怎麼了？」

「嗚……就是他騙我啦！」

「他到底騙妳什麼？」

「我被騙了啦！」

「她從剛才開始就是這樣子。」黎貝嘉在一旁說話了。「講了半天，都沒說出重點。」所以她才傷腦筋。

「喔?」戴碧一對精銳的目光直視，李瑩被她看得渾身一抖，心虛起來。這戴碧平常外表就酷酷的，她不說話的時候，看起來就像在生氣;不笑的時候，更是散發距離感，李瑩不敢再耍花樣，才慢慢的道:「他……他……嗚，我沒想到姚君翔是個愛情大騙子，我以為他愛我，沒想到他竟然跟童夢唯在一起。」

童夢唯是《紅豆情人》裡的女主角，長相溫柔嬌美、古典婉約，非常具有氣質，連女人都對她有好感，我見猶憐。

「妳怎麼知道?」戴碧沒看過這則報導。

「我親眼看到的。」

「妳確定他們在一起?」

「嗯!」李瑩用力點點頭。

「就算他們在一起，妳又能怎麼樣?姚君翔的花心不是眾所皆知嗎?」戴碧不是無情，而是事實擺在眼前，李瑩還往火坑裡跳，其他人想攔也沒辦法了。

李瑩沒想到戴碧會這樣說，她看著戴碧，又看著黎貝嘉，眼底逐漸聚集淚花，驀然——

「哇!我以為……我以為他是真的愛我嘛!」李瑩嚎啕大哭。「他剛開始的時候對我好溫柔、好體貼，我說什麼，他都說好……我以為、以為遇到白馬王子，才會傻傻愛上他，可是沒想到不到半個月，嗚……他就跟童夢唯在一起……」

真是傻子！愛情使人盲目嗎？戴碧心底嘆了口氣，不過個性使然，她仍冷冷道：

「那種男人，不要理他就好了。」

「可是、可是……人家、人家好不甘心。」李瑩哭得斷斷續續。

「妳們在做什麼？」柏雅推開門走了進來，她後面還跟著RED另外一個成員艾茉莉，她們定好三點開會的。

「柏雅姐……」李瑩囁嚅起來，柏雅算是她們的長官呢！

「發生了什麼事？」

「剛剛李瑩她……」黎貝嘉正想說明，李瑩突然拉住她，然後緊張的道：「沒有，什麼都沒有！」不過臉上還布著淚痕。

「妳要擦臉嗎？」艾茉莉很好心的遞上面紙。

「不、不用了，妳們要開會了是吧？我走了。」剛剛才被戴碧教訓一頓，她可不想再聽一次，再者懾於柏雅的威嚴，李瑩連忙跑掉了。

「發生什麼事了嗎？」畢竟是旗下藝人，柏雅轉向其他兩名在場的人問道。

「沒什麼，我想強哥會解決的。」戴碧回答著。強哥是李瑩的經紀人。

「那就好，茉莉，妳去坐著吧！我們開始了。」

※　　※　　※

「原來是這樣子啊！」艾茉莉對著鏡子上妝，聽完兩人的說明，也大致了解狀況了。

「對啊！結果戴碧不但沒安慰她，還一直教訓她，害我在旁邊說是也不是，說不是也不是。」黎貝嘉拿著唇蜜上色，看了戴碧一眼。

戴碧依舊不改其個性，冷冷道：

「眾所皆知的事情，她還執迷不悟，那就無可救藥了。」

「戴碧，她再怎麼說，也是我們的小師妹耶！」黎貝嘉抗議道，李瑩不過是個為愛傷情的小女人。

「要不然，拿刀子去替她砍姚君翔兩刀嗎？」戴碧瞄了她一眼。

「戴碧，妳不要這樣子啦！講得好恐怖喔！」艾茉莉叫了起來。

「怕嗎？怕就去找妳的威哥。」

提到威哥，艾茉莉就臉紅起來。自從她跟金馬獎影帝孟庭威在一起後，戴碧和黎貝嘉就特別喜歡揶揄她。不過在這之前，她們就常逗她啦！

「討厭啦！不理妳們了！」她嬌喊一聲，回過頭去看鏡子。

戴碧和黎貝嘉兩人互望了一眼，竊竊的笑了起來。這艾茉莉還真是臉薄，也就是這樣，欺負她才好玩哪！

這裡是S臺的休息室，等會她們要進去錄「歡樂星期天」的娛樂節目，順便打歌。所以此時戴碧正拿著艾茉莉母親從南部寄上來，特地為她護嗓的花茶來喝，而從錄影現場進來的，赫然是主演《紅豆情人》的姚君翔和童夢唯！

他們一個演戲、一個唱歌，又隸屬不同公司，平常幾乎沒有接觸，只有在像這種場合，才可能會碰上。

戴碧多看了姚君翔兩眼，嗯……長得是還不錯啦！沒有幾分「姿色」的話，怎麼能當偶像呢？他似乎很愛笑，連現在都已經離開了錄影現場，嘴角都還向上揚，讓原本就俊逸的他，更覺魅力倍增、微笑加分，難怪媒體封他「陽光王子」這個稱號，是當之無愧。

不過……這時候他的笑容有點礙眼，戴碧冷哼一聲。

也就是這一聲，將姚君翔的注意力移到她身上。

怪哉！他又沒招她惹她，RED 裡頭那個戴碧幹嘛一副對他不屑、嗤之以鼻的模樣？欸！她還斜眼瞪他？斜眼耶！

不舒服的感覺湧了上來，這是個很不禮貌的舉動，國小老師沒教她這樣子不對嗎？

「君翔，你在做什麼？」童夢唯見他一直猛盯著戴碧瞧，出聲問道。

「那個戴碧，好像對我很不爽的樣子。」瞧她一直在瞧他。

「會嗎？不可能吧？」童夢唯找了個位置坐下來。

「她一直在看我。」

「你沒看人家，怎麼知道人家在看你？」

「呃……要不是她看我，我怎麼會看她？」姚君翔辯解道，童夢唯不禁笑了起來。

「你這麼注意她做什麼？」

「她那個表情，好像對我很不屑的樣子，我做錯了什麼嗎？」被戴碧一瞧，他就感覺很奇怪，彷彿碰到漏電的插座似的，電得他渾身發麻，從來沒有過這麼奇異的感覺。

「你想太多了啦……啊！」童夢唯突然輕呼起來，「莫非是李瑩的事，她才一直看你。」跟他合作了那麼久，童夢唯對他的事相當了解。

「李瑩？」他眉頭皺了一下。

「對啊！她們是同個經紀公司的。」

提到李瑩，姚君翔臉上的笑容盡失，陽光王子一下子變成烏雲王子，而且還夾雜著雷電及暴雨，直爽性子的他忍不住音量大了起來：

「原來是同間公司的，難怪人都那麼怪！」

「君翔，小聲點！」童夢唯見 RED 三個人似乎已往這邊望了過來，連忙拉了拉他的袖子警告著，而姚君翔裝作沒聽到她的話，嘴裡還在說：

「俗話說『物以類聚』，原來就是這麼一回事。」

「君翔！」童夢唯擔憂的看著 RED 三人，她們正以奇怪的眼光往這邊瞧，讓她很不好意思。

「我有說錯嗎？有那樣的李瑩，跟她在一起的人，也不是什麼好貨！」

「君翔！」童夢唯慌忙拉著他，制止他再繼續說下去，「不要說了啦！」

「我有說錯嗎？為什麼不能說？」姚君翔不服的道：「不論在哪裡說，這都是不爭的事實，沒想到從『賀登』出來的人，人品都是這樣。」「賀登」是RED的經紀公司，在市場上赫赫有名，但從姚君翔的嘴裡吐出來，卻像是不小心吃到嘴裡的沙一樣。

而他的話，音量不大不小，剛好傳進RED三個人的耳朵裡，戴碧冷然的臉都變了。

「好了啦！」童夢唯還在制止，她明顯感到RED三個人的情緒相當不悅。

「就不知道同門的師姐，為非作歹的功力會不會有過之而無不及……」

「姚君翔！」一記冰冷硬脆的聲音在他耳邊響起，打斷他的話。

「戴碧！」黎貝嘉和艾茉莉兩人衝了過來，照她們對戴碧的認識，此時她已經動怒了。

一般人的印象中，不苟言笑、最少發言的戴碧，一直以來給人冷冷酷酷的感覺，很少有情緒起伏，似乎沒有事物能影響她。不過那只是事不關己而已，一旦扯到自家人，她可相當敏感。

而此刻，姚君翔犯了她的忌諱，黎貝嘉和艾茉莉深怕會有衝突，連忙上前化解。

「姚君翔，你好，我們是『RED』，很高興認識你。」黎貝嘉趕緊做公關，又是招呼又是笑容。

「童小姐，妳好，妳本人比電視更漂亮喔！」艾茉莉也企圖緩和氣氛。

「謝謝。」被女生讚美，童夢唯臉上浮起紅暈。

「廢話，本人當然比『電視』更美。」姚君翔重複一次，人，跟電視這個物體怎麼比嘛？

「君翔！」童夢唯輕斥著，她也不希望有衝突發生。

「姚君翔，你對『賀登』的人，有什麼意見嗎？」戴碧冷冷道。如果是其他人也就算了，可是他把黎貝嘉和艾茉莉兩個人也算下去，這可就令人不滿了。

「不敢、不敢。」不過他那表情可就不一定了。

他的模樣看在戴碧的眼裡，全成了挑釁。他誰呀？自以為風流倜儻、英俊瀟灑嗎？不過是隻發情的公貓，到處叫春而已，竟然還敢汙辱其他人？

「妳太抬舉了。」

見他們一來一往，針鋒相對，黎貝嘉和艾茉莉連忙趁隙將他們兩個分開。

「不好意思，我們等下就要上臺，先去準備了。」黎貝嘉想大事化小、小事化無，裝作什麼事都沒發生的帶過。

「我們也要離開了。」童夢唯也很配合的道。

「要上去丟人現眼啦？也好，就讓大家看清楚妳們的長相吧！」姚君翔要死不死，又冒出這一句，這下可好了……

戴碧拿著護嗓的茶水，走到他面前，忽然露出一個笑容。

「也好，你也洗把臉，看清自己的面目吧！」

語畢，就將茶水往他臉上淋了下去。

※　　※　　※

「真是××、×××、×××××××……」姚君翔從男用廁所出來，接過站在外面童夢唯遞給他的面紙，邊擦邊開罵，說出了一堆在電視上需要消音的髒話。

「好了啦！」童夢唯依舊柔聲勸慰。

「我就說嘛！『賀登』的果然沒一個好貨。」擦到嘴巴時，總算住了嘴。

「你不說話就沒事了。」

「可惡！夢唯，發生什麼事，妳是最清楚的，妳竟然還幫她們說話？」姚君翔憤憤不平的大叫。

「我知道呀！我也很同情你，不過，今天這事本來可以避免，你卻一直開口，自取其辱，我也幫不了你了。」她兩手一攤。

「難道我不能生氣嗎？」他恨恨的道。

「那也要看人呀！李瑩又不在。」

「對，李瑩不在，『RED』在，反正都是『賀登』的人。」簡單的說，她們成了替死鬼。

「還好已經錄影完畢，要不然你這樣怎麼上場？」童夢唯瞄了他一眼，雖然將茶水洗去，但他上半身溼漉漉，甚是狼狽。

「可惡的李瑩！可惡的『RED』！」姚君翔咒罵著。

「好了，該走了！」

※　※　※

「戴碧，妳今天……會不會太過分了？」坐在車子後座，艾茉莉小小聲問，唯恐她生氣。

連一向被她壓得死死的艾茉莉都敢說她，她真的太過分了嗎？

「有嗎？」就算有，也要說沒有，戴碧冷著臉。

艾茉莉嘟著嘴，不太服氣，丟了個眼色給黎貝嘉，黎貝嘉見狀也開口道：

「可是……把艾媽媽給妳護嗓的茶倒在姚君翔身上，不會太過分了嗎？」

「就是說嘛！那是我媽的愛心耶！」艾茉莉也不悅的道。

「唔……對不起。」明明知道她們講的不是這件事，戴碧還是配合著。況且把花茶倒在別人身上，也太浪費了，尤其對象還是姚君翔！

「戴碧，妳跟姚君翔認識嗎？」黎貝嘉問道。

「不認識。」那種人最好不要認識。

「不過妳今天……反應很大喔！」對一個不認識的人潑水，也太小題大作了，又不是什麼深仇大恨。

戴碧拿出耳機聆聽她們最新的單曲。

其實……她也知道是自己太超過了，已經有點小小的後悔，不過只有小小的啦！畢竟對姚君翔那種花心又嘴賤的人而言，是不用給什麼好臉色看的。況且他還汙辱了她們『賀登』的人，不用給點教訓嗎？

她是不對，不過……她自己知道就好。

見她不肯講話，黎貝嘉和艾茉莉兩人知道說了也沒用，彼此望了一眼，聳了聳肩。

第二章

「聽說……妳把茶水倒在姚君翔的頭上？」柏雅正坐在自己的位置，右手放在桌上，食指敲打著桌面，審視的看著她。

戴碧朝其他人瞄了一眼，黎貝嘉和艾茉莉兩個人拚命搖頭，表示不關她們的事。

大概是電視臺的工作人員透露出去的，要不然怎麼會上報？而媒體採訪姚君翔時，他一概否認，是因為自知理虧嗎？戴碧若有所思。

「戴碧！」柏雅略為提高音量。

「對，是我。」戴碧倒也乾脆。

還真不是空穴來風，柏雅撫著額頭，開始頭痛，她流露出不解的神情。平常冷靜自若、態度沉穩，她最放心無虞的戴碧，怎麼會失了控潑了姚君翔一身水？

「為什麼？」

戴碧沒有回答，還是一副酷樣，反倒是一旁的黎貝嘉開口了：

「柏雅姐，其實這也不能完全怪戴碧啦！因為那個姚君翔一直在說『賀登』的壞話。」

「對呀！對呀！」艾茉莉附和道。

「就算這樣，也不至於潑他水吧？」柏雅睨著戴碧，她像個倔強的小孩，不發一語。

其實她也知道，那日的行為確實不對，她也不知道為什麼，一見到姚君翔，看到他那過於耀眼的笑容時，就有種……奇怪的感覺在蔓延……

她真的是太衝動了，不過如果再來一次，她也沒把握自己是不是能控制住情緒，這太奇怪了。

一直在等她解釋的柏雅，等了半晌沒聽到她的聲音，也知道其個性，遂不再追問，只道：

「妳不告訴我原因沒關係，不過我要妳跟他道歉。過兩天我會安排妳跟他見面，正式賠罪，知道嗎？」

「是。」

出乎意料的，戴碧一點反抗也沒有，就這樣答應了？柏雅錯愕的看了她一眼，隨後便道：「妳們可以出去了。」

RED走出了柏雅的辦公室，全都舒了口氣。

還以為柏雅姐會發表長篇大論，不斷教訓她們，直到耳朵長繭、腳底生根，還好沒待太久，要不然心臟撐太久會無力的。

「戴碧，妳真的要去賠罪嗎？」艾茉莉開口問道，戴碧瞄了她一眼，艾茉莉立刻噤聲。哎！只要戴碧那張冷酷的臉一擺，她的氣勢就消了一半。

「不行嗎？」

「早知如此，何必當初。」黎貝嘉開口道。

「妳要變得跟姚君翔一樣討厭嗎？」

「反正就當作是演戲，去跟他道歉就沒事。」黎貝嘉說得很輕鬆。

「有這麼簡單嗎？」她不太信任他。

「要不然鬧大也不好。」

戴碧沒有回答，不過還算是聽了進去。反正她自己做事自己擔，要扛的責任會自己負責，不會假手他人。

道歉……她會去的，不過她對於姚君翔這號人物，可是給予極差的評價。

※　　※　　※

時間訂在這個禮拜天。

事情過了四、五天，戴碧接到柏雅的訊息，只簡簡單單表示收到了，也沒太大的反對聲浪，於是就這麼敲定了。

為了一個爛人，還得登門賠罪，戴碧只怪自己太魯莽了。算了，反正以後從此不再往來，他們一個演戲、一個唱歌，大概也沒什麼機會接觸了。

獨自來到「幽浮」電臺，為了今天的採訪，她提早了半個鐘頭做準備。

「幽浮」電臺選在最熱門的時段，邀請知名藝人上現場 call in，她們 RED 分屬三個禮拜來到電臺做採訪，黎貝嘉和艾茉莉都來過了，這次剩她一個人單槍匹馬上陣，她老神在在。

「戴碧，妳來啦！」電臺門口的接待小姐見她一來，笑臉迎人，戴碧對她點了點頭做回應，對方也不以為意，反正戴碧給人的感覺一向就是這個調調。

正準備進錄音室時，對方突然叫道：

「戴碧，請妳等一下！」

戴碧轉了過來，挑眉詢問，對方說道：「我們電臺樓下的咖啡廳有人找妳。」

「誰？」怪，誰找她？

「是童夢唯。」

戴碧一怔。「她找我有什麼事？」

第二章

「我也不清楚，她只說如果妳來了，就請妳到下面去找她。」

奇了！童夢唯怎麼會找她？她來電臺她可以理解，都是藝人都會上通告嘛！不過她找她做什麼？

難道是……姚君翔？

除了上次的事件外，她們並沒有什麼交集，那麼……她是想代替姚君翔來興師問罪吧？這禮拜天她都要跟姚君翔賠罪了，童夢唯這麼做會不會多此一舉？

反正離八點還有半小時，她提早來了，就去跟童夢唯碰碰面吧！

「幽浮」電臺的咖啡廳也頗有名氣，除了藝人常常光臨，飲料好喝才是出名的原因。戴碧才剛下樓，就聞到陣陣的香味，就算是不喝咖啡的人，也很難不被這股香氣誘惑。

進入咖啡廳，裡頭還有不少藝人，而童夢唯就坐在角落，正看著一本時尚雜誌。

戴碧走上前，坐了下來。

童夢唯一愣，似乎沒料到前面有人，等她抬起頭見是戴碧，露出了一個嬌甜的笑容。

真可愛。戴碧不是男人，也覺得她很美。

「找我什麼事？」個性使然，她連招呼也省了。

戴碧的快人快語令童夢唯一怔，不過也很快回答：

「我沒想到妳真的會來。」

「什麼事？」

「妳八點才開始進錄音室吧？還有點時間，我請妳喝杯咖啡。」

戴碧無可置否，童夢唯招來了服務員，然後問她：

「妳想喝什麼？」

「隨便。」

「那就招牌咖啡吧！」童夢唯對她道，點好餐後，服務員退了下去。

戴碧沒有說話，等她發言，約莫是察覺到這點，童夢唯認真的看著戴碧道：

「妳一定覺得很奇怪，素昧平生，我怎麼會找妳？」

「是姚君翔吧？」

戴碧的直言不諱，使得童夢唯對她印象深刻。平常在媒體上看到的她已十分有自己的特色，沒想到私底下的戴碧更加有個性，毫不掩飾。

童夢唯露出激賞之色，戴碧並沒有注意。

「對，我正是為了君翔找妳。」
「我這個禮拜天要跟他道歉，妳還有什麼意見嗎？」
「我知道，君翔都跟我講了。」
這個消息沒對外公布，因為太過丟臉，沒想到童夢唯已經知道，看來……他們挺親暱的嘛！戴碧冷然撇過頭，童夢唯又繼續道：
「我想跟妳說的是，君翔那一天會那麼做，是有原因的。」見她不語，童夢唯逕自道：
「君翔他很年輕，難免不懂得掩飾，又有點衝動，不過相對的，他也很熱情、直率。妳應該認識李瑩吧？」
「嗯。」怎麼扯到她？
「那麼前陣子君翔跟李瑩在一起的事，妳應該也有聽說。」
「嗯。」
童夢唯皺著眉頭道：「李瑩不如她表面看起來那麼單純，他們兩個在一起後，她說她母親病危，急需二十萬元，君翔二話不說，馬上匯了金錢過去，不過沒想到……」

「李瑩根本沒有母親。」戴碧驚愕的替她接話。這個基本資料，公司早就有了。

「沒錯，李瑩胡謅出來的謊言，在君翔的求證下攻破，他又氣又怒，所以妳該知道，為什麼君翔對『賀登』的人那麼反感了。」

戴碧相當吃驚，沒想到還有這種內幕。她的偏見屈解了自己對姚君翔的印象，這一切，原來都是一場誤會。

猶如挨了一記悶棍，而且還是自己打的，戴碧半晌說不出話，連咖啡送上來了都沒注意。

童夢唯等服務員下去，才道：

「我只是希望，妳不要誤會君翔，他也是受害者。」

「妳對他……倒是瞭如指掌。」戴碧對上她的眼。

「我們是好朋友嘛！」童夢唯甜甜的笑著，笑得好礙眼。

「星期天那天，我會跟他道歉，至於這件事，我會查證。」她的態度已輕軟化，畢竟自己有錯在先。

「對了，這件事麻煩妳不要說出去，畢竟這事傳出去，對誰都不光采。」不光姚君翔，對「賀登」也是一個傷害。

演藝圈裡有這顆老鼠屎，她也覺得臉上無光。

「我知道了。」

「謝謝妳。」這樣就不枉費她六點的通告結束，知道戴碧要來後，還特地留下來等她，童夢唯吁了一口氣。

戴碧站了起來，準備離開，童夢唯連忙喊道：

「對了，我可以要妳的LINE嗎？」

「做什麼？」她跟她又不是很熟。

「如果妳需要協助的話，我們可以聯絡。」

這倒也是，要查出李瑩的惡行，她還得借助知悉內情的人士的力量，於是戴碧和她交換LINE後，逕行離開。

※　　※　　※

習慣早到，做事向來嚴謹的戴碧，跟人約會總是準時或提早，從來沒有延遲過，所以柏雅很信任她。如今她給「賀登」丟了臉，她也不會逃避，約好十二點的，她十一點半就到K飯店的室外停車場。

上半身牛仔背心，下半身牛仔長褲，再配上一頭挑染過的短髮，行事簡明俐落，這就是戴碧的特色。

她的代步工具也很簡單，就是一臺摩托車，想去哪裡就去哪裡，絕對不會有塞車的問題。

將摩托車停好，她取下安全帽，今天太陽好大，熱得她滿頭大汗，她用手袖擦去額上的水珠，這時候——

對面一個男人從一輛停好的銀白色車子走了出來，那色澤耀眼得令人眩目。當他關上門，見到她時也愣了一下。

姚君翔！

她怎麼會在這裡？

念頭剛閃過，姚君翔立刻覺得自己很好笑，他們約在K飯店見面，在外面的停車場見到她也不是什麼奇怪的事，幹嘛大驚小怪？

不過……她真是個奇怪的女人，有好好的車子不坐，要不然坐計程車也可以，幹嘛把自己弄得那麼狼狽？她不是女星嗎？更應該注意自己的形象。不過她顯然不在乎這一點，在大太陽底下騎著摩托車過來，熱都熱死了，該不會是以為這般刻苦的形象，會扭轉他對她的印象，好博取他的原諒吧？

哼！沒那麼簡單！

等等，她走過來了，姚君翔還沒搞清楚她想幹什麼，一記清脆的聲響傳來：

「對不起！」

咦？耶？姚君翔張大了嘴巴，不可思議的看著她，這是當初氣勢凌人、囂張跋扈的女人嗎？她甚至還學日本人行了三十度躬，這……這是怎麼回事？

雖然心裡受到震撼，他嘴上仍不饒人：

「會不會太早了？這裡並沒有見證人。」搞不好她是受形勢所迫，才不得不跟他道歉，想來就不太痛快。

「等下要說的話，我還是會再說一次的。」她拉了拉肩上的背包。

呃……姚君翔奇異的望著她，不可置信，誇張的跳了開來，一手指著她：

「妳……妳是那個戴碧嗎？還是妳們是孿生姐妹，她派妳過來道歉的？」

「你的想像力太豐富了。」戴碧淡淡道。

這……是他印象中的女人嗎？太不可思議了。這個時候，姚君翔重新審視起她來。

她的臉型有點倒三角，下巴微尖，削薄的瀏海這時被汗水浸溼，貼在額前，臉上通常不大有什麼表情。他很想知道，她除了在螢幕上偶爾應付那些歌迷之外，還有什麼時候會笑？

其實他也沒真的對她有多大厭惡，不過是李瑩的關係，所以那日說話衝了點，不過她理虧的地方在於她動手了。

平心而論，不能一味責怪她。

「妳……跟那天很不一樣。」他對她的感覺轉變。

「童夢唯都告訴我了。」而她也調查過，李瑩在外的名聲不太好，極有可能斷送她的明星夢。畢竟演藝圈裡也有倫理道德。

姚君翔恍然大悟。「原來……」他還以為她是被迫的。

這麼看來，她是真心誠意跟他道歉了？直接、乾脆、爽朗，給他一種新鮮的感覺，那日奇異漏電的電流，悄悄導入他心房……

「那個茶滋味還不錯，是哪裡買的？」姚君翔發問。

嗯？戴碧眉頭微蹙，很快明白他在講什麼。他不介意了嗎？其實他也相當可愛嘛！

咦……什麼？「可愛」這一詞，她怎麼會套用在男孩子身上？

第二章

輕咳了下，她道：

「那是茉莉她母親用花草泡的護嗓茶，外面買不到的。」

「下次可以分我一點嗎？」

「你又不唱歌。」她疑惑的看著他。

「就算不是歌星，也需要護嗓呀！像我這美妙有如天籟的聲音，更需要保養了。」

姚君翔想藉由玩笑來軟化關係，希望能更進一步，不過戴碧可不那麼想。

油腔滑調！

他跟她的認知差不了多少，要不是看在他是受害者的份上，戴碧才懶得理他。

「我再請人寄給你。」

「謝謝。」姚君翔笑了笑，笑得好開懷。

為什麼一個男人要笑得嘴巴那麼大？非常不穩重，有夠輕佻。戴碧準備走進飯店，裡頭還有一票人在等他們。柏雅姐大概已經到了吧？還有姚君翔公司的人。

姚君翔突然拉住她，戴碧覺得被他碰到的手臂像被烙鐵圈住似的，感覺非常奇異，她迅速將手抽了回來，警戒的看著他。

姚君翔一點也不以為意，只道：

「妳要去哪？」

「進去跟你正式道歉。」

「妳都已經道過歉了，不用了。」

「我是藝人，犯了錯能置之不理嗎？」她處事淡然，不過有她的規則，她得給其他人一個交代。

姚君翔越來越欣賞她了，他道：

「那些事，大人會處理。」

「大人？」

「就是我們的老闆、經紀人的簡稱啦！我們被他們管制，跟小孩子差不多，所以我們公司的都叫這些人大人。」姚君翔解釋著。

原來如此。

「不能全推給別人。」

「哎喲！那麼嚴肅做什麼？進去不就吃吃飯、說說話，反正妳也道過歉了，還有另外一個目的要達成，我帶妳去別的地方吃飯，走吧！」不待她回應，姚君翔拉著她往車上走。

「你、你想要做什麼？」這男人太奇怪了吧？不但不進去飯店，還拉著她走？

「不會把妳賣了啦！」姚君翔將門打開，還學外國紳士彬彬有禮鞠了個躬。「小姐，請。」

更奇怪的是，她竟然拒絕不了他的邀請，乖乖坐了上去？

戴碧不敢相信自己在做什麼，身體彷彿有它自己的意識，即使她排斥，人，也已經在車上了。

「走囉！」姚君翔坐進駕駛座，快樂的道。看來他的心情很好，而自己得跟著他一起瞎混嗎？

然而此刻再抗議也沒用，車子已經離開停車場了。

※　※　※

這裡是什麼地方？

從跟他上車開始，她就已經後悔了，然而戴碧更想不到的是，他竟然帶她來這個知名的情人餐廳，裡頭的顧客百分之九十都是雙人儷影，哪像他們……連朋友都稱不上，來這裡做什麼？

她相當不自在，不過姚君翔似乎熟門熟路，還跟門口領路的打招呼：

「我訂位了。」他在車上打過電話了。

「是的，姚先生，這邊請。」服務員領著他們進去，戴碧佇立在門口，發呆半晌，姚君翔見狀，藉機挽起她的手臂。

「我們走吧！」臉上的笑意始終沒變，一副得逞的詭譎笑容。

又是那種奇怪的感覺，而且這次還擺脫不得，這是怎麼回事？戴碧無法理解，為什麼他的手彷彿具有魔力？奇異的力量無視衣裳的阻隔，傳達她的肌膚，她全身都起了雞皮疙瘩……

怎麼會這樣？

啊！一定是外面太熱、裡面太冷的緣故。餐廳都有空調，今天外頭起碼三十度，她一下子進到這裡面，當然不適應了。

見她對周遭環境發怔，姚君翔玩心大起，更加親暱的摟著她，身體緊密的貼了上去。

「這邊走。」

「你離我遠一點。」她出聲斥喝。

「妳可以再大聲一點，讓大家都注意到我們。」他耍無賴。

「你……」戴碧可沒那麼笨，要是引來記者，不就跳到黃河洗不清了？只得忍了下來。她壓低音量，臉色難看：「你故意的是不是？」

「我只是想請妳吃頓飯而已，來，位置到了。」

第三章

戴碧坐了下來，卻沒什麼好臉色。她就說他也好不到哪裡去！雖然說李瑩的事件，他是受害者，不過，那也是他輕浮的個性造成的，怨不得他人。

唯一的罪惡感，消失了。

更可惡的是，她一直以為自己夠冷靜理智、淡漠沉穩，怎麼一碰到他，就心浮氣躁？

還是他剛剛碰到她的緣故？

「姚先生，這是我們這個月剛推出的新菜單，你要不要試試看？」服務員拿著菜單，畢恭畢敬的遞到他面前。

「Lady first（女士優先）。」姚君翔烙了句英文，笑容依舊燦爛。

「隨便。」

「那就來兩份北海鱈魚套餐。」姚君翔將菜單還給服務員，對方退了下去。

見她一臉寒漠，他忍不住道：「笑一個嘛！」

「笑什麼？」

「妳不是藝人嗎？多笑能夠拉近妳跟歌迷的距離，增加人際關係，來，笑一個。」

姚君翔說得頭頭是道，不過……別有目的。

「你是我的歌迷嗎?」跟他在一起，話怎麼比跟 **RED** 在一起的時候還多?他有個本事，就是讓人忍不住想跟他鬥下去。

「從這一刻開始，是的。」

花言巧語!

戴碧忍不住翻了個白眼。

「我是說真的。」見她無動於衷，姚君翔誠懇的道：「雖然妳的過去我不明白，但從這個時候開始，我將去了解妳的點點滴滴。」

咦?好浮濫的臺詞，這不是仿照「雖然你過去的日子我來不及參與，但你的未來一定有我」的經典示愛臺詞嗎?

了無新意。

見她毫無反應，姚君翔忍不住催促：「笑一個嘛!」

「無聊!」她撇過頭去，她只是來吃飯，不是來陪笑的。

「別這樣，妳笑起來的話，一定很好看的。」他有把握。

「那也不關你的事。」

「好無情喔!」他誇張的叫著。

戴碧給了他一副「你知道就好」的表情，跟這個人在一起，她變得不像平常的自己。

撇過頭不想看他，沒想到卻看到一個熟悉的人影……正確來說，是兩個！

那不是她們成員裡的艾茉莉嗎？還有她的影帝男朋友，交往數月的他們，感情看起來相當穩定，可是……她不想在這個時候跟他們打招呼！

見她神色有異，而且臉蛋一直往內縮，姚君翔疑惑的問道：「怎麼了？」

「噓！小聲點！」她的語氣頗有幾分警告意味。

姚君翔看了一下四周，想找出她不對勁的原因，總算讓他看到站在門口的艾茉莉和孟庭威，他轉過頭道：

「那不是妳們的團員嗎？」

「不要講話。」

「妳們感情不好嗎？」他好奇著，要不然怎麼一副不想看到艾茉莉的樣子？

「不關你的事。」

「真的不好？」

戴碧惡狠狠瞪了他一眼。「閉嘴！都是你！」

都是他……姚君翔有些錯愕，她不想看到團員的原因是因為他，難道……他讓她丟臉？

受到如此嚴重的打擊，一個邪惡的念頭浮起……

「戴碧，這裡的甜點很好吃喔！妳有沒有吃過他們的招牌甜點芒果慕斯，酸酸甜甜，很不錯喔！」他大聲介紹。

要死了，喊那麼大聲做什麼？戴碧心臟猛的縮了一下，尤其見到艾茉莉和孟庭威兩個人朝這個方向走來……

「還有奶酪也不錯，滑溜順口，相當細緻，入口即化……」姚君翔還在大聲廣告。

噓！閉嘴！戴碧用食指放在唇前，示意他噤聲，臉色之難看，像抹了層灰。

「還有喔……」姚君翔怕她不清楚似的，不斷介紹著，等艾茉莉和孟庭威兩個人經過時，突然大聲喊道：

「戴碧，妳喜歡哪一種？」

艾茉莉驚訝的轉過頭，見到了人，叫了起來：「戴碧，妳怎麼會在這裡？」而且跟她同桌的，竟然是姚君翔？

即使已經尷尬得要死，即使臉部已經漲得潮紅，戴碧仍維持一號表情，企圖若無其事的道：「吃飯呀！」

「可是……妳怎麼會在這裡？妳今天不是應該在K飯店嗎？」

真白目，不是用眼神警告她別再說話了嗎？戴碧瞪了她一眼，艾茉莉被她瞪得莫名其妙，充滿驚疑，好奇的想要發問，反倒是孟庭威看出了戴碧的不對勁，在艾茉莉耳邊低語：

「我們的位置在那邊。」他指了指前面。

「可是……」

孟庭威拉著她走，回頭向戴碧和姚君翔點了點頭，算是招呼，沉聲道：「我們先過去了。」

待他們兩人離開之後，戴碧才鬆了口氣，差點將整個上半身軟在桌子上。

驀地她抬起頭來，咬牙切齒道：

「你幹嘛引起他們的注意？」

「我沒有啊！」姚君翔的眼睛也不算小，此刻學著少女漫畫中的主角，圓睜雙眼，非常無辜。

「你幹嘛突然那麼大聲？」她失控的低吼。

「我的嗓門本來就很大。」

「你……」戴碧突然發現，跟他出來吃飯是個錯誤，不，她在稍早之前，早就後悔了，不是嗎？

這個姚君翔簡直是個瘟神，碰上他就沒好事，儘管他笑得天真燦爛，像個小孩似的，但那甜美糖衣包裹下的，卻是一顆禍心，她不應該跟他扯上關係的！

縱使端上來的是山珍海味、頂極美食，她也覺得索然無味。

※　　　※　　　※

「貝嘉，我跟妳講喔……」艾茉莉話還沒說完，一個力量突然撞了過來，她整個人就這樣飛了出去，貼在牆上當壁飾。

「什麼？呃？是妳呀！戴碧。」黎貝嘉有些不可思議的看著她，剛剛是戴碧在跟她講話嗎？

聽到一記呻吟，黎貝嘉這才看到貼在牆上的艾茉莉，叫了起來：

「茉莉，妳在那裡幹什麼？」

「我……」艾茉莉撫著鼻子，慢慢走了過來，痛苦的道：

「貝嘉，那個……」驀地一隻手伸了過來，往她腰際一戳，她整個人又往旁邊跌，還好這次就跌坐在椅子上，鼻子沒再遭殃。

仰起頭來，正好和戴碧一雙陰冷的眼睛對上。

「到底有什麼事？」被叫了兩遍，還得不到下文的黎貝嘉不耐煩的道。

戴碧森然的眼睛不斷看向艾茉莉，這女人如果敢把她跟姚君翔在情人餐廳單獨吃飯的事情講出去的話，她就要她好看。

「我要說的是……」

「貝嘉，妳代言的那個金飾聽說賣得不錯喔！」戴碧插嘴說道。

提到這個，黎貝嘉笑得可樂了。

那個是她跟她的偶像張仲倫拍的代言廣告，拍得唯美、夢幻，浪漫至極，彷彿真的跟張仲倫譜出一段戀曲一樣，而廣告拍出來的效果超級棒，更不用講當初兩人花了三天才達到導演的要求。

三天耶！三天時間都跟張仲倫在一起耶！這是她這輩子最幸福的事了。

提到張仲倫，黎貝嘉沉醉在和他共處的美夢裡，無法自拔。

哎喲！好痛，艾茉莉一手撐著桌子站了起來，一手撫著腰際，不服氣的嬌嗔：

「戴碧，妳幹嘛啦？」她生起氣來仍有一番嬌態，讓人根本不當一回事。

「妳坐著就沒事。」

「人家要問貝嘉代言的那個金飾，她去買的話有沒有打折而已，妳幹嘛一直推人家啦？」艾茉莉用她嬌滴滴的娃娃音大叫著。

「呃……買……金飾？」戴碧臉色一垮，不復以往之冷酷，須臾才恢復正常。

「對呀！下個月孟庭威生日，人家想買對戒送給他，才問貝嘉的呀！」艾茉莉不懂戴碧幹嘛一直來搗亂。

戴碧動了動嘴唇，咕噥了兩聲，沒有說話。

「奇怪的戴碧。」雖然戴碧有點反常，不過這都沒有影響到艾茉莉，她還是先問貝嘉能不能買到打折的金飾要緊。雖說她們外表光鮮亮麗，但也不代表荷包滿滿，很多地方該省的還是要省，要不然未來怎麼辦？

望著艾茉莉興高采烈的和黎貝嘉討論金飾的事情，戴碧坐在會議室的椅子上，目光望向大樓外面。

奇怪了，為什麼一提到姚君翔她就這麼緊張？總是無法放鬆。

想到他的笑臉，嘴角彎彎，露出雪白的牙齒，臉上肌肉牽動著眼睛，連那雙眸子也在笑，沒見過一個男人這麼愛笑的。再加上他的頭髮是中分的，長及肩膀，有點像以前蓄長髮時的木村拓栽，一看到他，就覺得他應該是站在大太陽底下，天天接受陽光洗禮的男子……

咦？奇怪，她腦海怎麼會產生這個畫面？

以前在電視上看到他時，不以為意，從沒認真看過他，怎麼最近跟他接觸後，腦袋都是他的影像，尤其是他的笑容……

奇怪，她是不是有病？

戴碧不自覺敲打著腦子，希望能將他的影子逐出腦海。

「貝嘉，戴碧在幹什麼？」艾茉莉見到戴碧的奇異舉動，忍不住擔心起來。

「不知道。」提到她代言的金飾，黎貝嘉腦海裡就只是張仲倫的人影，哪容得下其他人。

「她最近很奇怪耶！」

「有嗎？」

「昨天我還在情人餐廳碰到她，她跟姚君翔在一起。照理說，他們昨天中午不是應該在K飯店嗎？怎麼會跑到那裡去？」恍神的戴碧可惜守了半天，還是讓艾茉莉把祕密洩露出去而毫不自知，兀自在跟自己的心靈對話。

黎貝嘉更沒反應過來，還問道：

「情人餐廳？哪一間？如果我和張仲倫可以一起去的話，不知有多好……」

呃？這兩個人是怎麼了？艾茉莉奇怪的看著她們。她的年紀最小，個性也最迷糊，腦袋瓜也不甚靈光，連孟庭威喜歡她，都是很久以後才知道。

可是這兩個大姐姐向來比她靈敏，怎麼今天一個個都變了樣？黎貝嘉她早就習慣了，因為只要一提到張仲倫，她肯定是副花痴模樣，可是戴碧就找不到理由。

難道她也陷入愛河裡了嗎？

※　　　※　　　※

沒有姚君翔的話，其實她是相當正常的。

戴碧呼呼大睡，還好這兩天有空檔，可以好好睡個飽，雖然是在新歌宣傳期，不過不是每天都排通告，她可藉此機會休息。

睡得好滿足，戴碧從睡夢中醒了過來，一看鬧鐘，下午兩點了。

爬了起來，她換裝、洗臉、刷牙，神清氣爽後，到冰箱找出食物，放入微波爐裡加熱之後，端上桌吃了起來。

雖然家裡沒人，她還是很守規矩，不會擾亂生活態度，沒辦法，習慣了，這都要感謝去世的父親教養得好，以至於她現在想放縱都無法放開。

而母親到英國去照顧在當地讀書的弟弟，偌大的家裡，就只有她一個人。

一陣音樂鈴聲響起，她站起來去拿她放在窗邊的手機，湊近耳邊。

「喂？」

「戴碧嗎？」輕柔的聲音傳了過來。

「哪位？」奇怪，她的手機怎麼會有不熟悉的人打過來？

「我是童夢唯。」

童夢唯……喔，對了，她曾經給過她她的LINE，只是她怎麼會打過來？戴碧倒是有點訝異：

「有什麼事嗎？」

「聽說妳跟姚君翔和好了？恭喜你們。」那日沒到K飯店赴約，雖然引起大人不悅，不過姚君翔表示他和戴碧已無芥蒂，大人們也就不加追究，只有柏雅姐口頭訓斥了一番，要離開也不先講一聲？

為了這事，就打電話給她嗎？戴碧心裡想著，不過嘴巴上仍是有禮：

「謝謝。」

「為了慶祝你們和好，要不要出來吃個飯？」

想到最近為了姚君翔，自己整個人都變得很奇怪，她才不要沒事找麻煩。戴碧婉拒了：

「不用了，謝謝。」

「妳還在生他的氣嗎？」

「沒有啊！」

「那為什麼……」

「我只是不想出去而已。」這樣就不會跟他有接觸。

童夢唯沉默半晌，又道：

「真可惜，不過既然是妳的意願，那就算了。對了，上次妳說要查李瑩的事，查得怎麼樣了？」

「正在進行中。」她已經將事情交給柏雅姐和強哥了。

「如果妳需要協助的話，我可以提供，我這裡有匯給李瑩的紀錄。」

「妳也有？」戴碧相當訝異。

「金額不大，只有一萬多塊，其他人據我所知都是幾千到幾萬塊不等，君翔大概是損失最慘重的。」

除了財之外，還有什麼？騙色嗎？

戴碧沒有說出口，畢竟這話不夠厚道。她問：「妳有證據？」

「對，需要的話，我可以拿給妳。」

戴碧想想，就去會她一會，有證據在手，也比較好下手偵辦。

「哪裡見？」

童夢唯說出了時間和地點，戴碧記了下來，結束通話。還有點時間，她可以先吃完飯再出門。

※　　　※　　　※

騎車到了指定的地點，戴碧在對面的停車格停了下來。她俐落的將車子停好，取下安全帽，順了順頭髮，豪邁帥氣，動作漂亮得一氣呵成，像在拍摩托車廣告。RED裡她的裝扮最為中性，在兩性裡都很吃得開，歌迷層次也最廣。

童夢唯在對面就看到了她，不由得笑逐顏開。

戴碧走了過去，童夢唯迎上前。「妳來啦！」

「嗯。」

「騎車會不會很累？」童夢唯溫柔的問道。

「還好。」

「先進來吧！」童夢唯招呼著，帶領著戴碧往裡頭走去。

這間位於東區的PUB，戴碧之前就有聽過，不過從未進來過，今天也算是開開眼界。

裡頭的氣氛有點渾沌，燈光、乾冰的配合，有種靡爛的感覺，音樂也很另類，戴碧不是很喜歡，不過也沒有說什麼。這裡人不少，而且都十分……親暱？人與人之間彷彿沒有距離，到處都可以看到肩靠著肩、頭挨著頭的人。

有種格格不入的感覺，戴碧感到怪異，卻說不出怪在哪裡。

兩人走到酒吧前的圓椅坐下，童夢唯說道：

「妳要喝什麼？我請客。」

「那就『海尼根』吧！」

童夢唯跟裡頭的酒保吩咐，很快地，兩瓶啤酒送了上來，童夢唯拿起酒瓶，仰頭就灌了一口。

戴碧望著她，面無表情，不過仍透露了些許訊息。

「怎麼了？為什麼一直看我？」

「妳跟這裡……很不搭。」戴碧坦率道出自己的想法，童夢唯給人的感覺是柔美嬌甜，像是宜家宜室的小女人，怎麼會在PUB裡喝酒？這裡是浮華場所。

「證據呢？」

「是嗎？」童夢唯眼裡閃過一絲落寞。「這裡，是最適合我的地方。」

戴碧沒有理會，她跟她不熟，也不想涉入太深，她來這裡只有一個目的。

「何必那麼急呢？人都來了，就先放鬆一下。」

戴碧不置可否，她就當出來逛逛。

童夢唯幾口黃湯下肚，壯著膽子，話也多了起來，開始跟她聊天：

「戴碧，妳出道多久了？」

「三年多吧！」

「妳是怎麼出來的？」

「歌唱比賽。」

「這樣就被相中了嗎？真是恭喜妳，不過妳歌唱得很好聽，我很喜歡，妳們的每張專輯我都有買。」

「謝謝。」

察覺到戴碧的冷淡——雖然她有問必答，卻也惜字如金、簡潔有力——童夢唯故意裝作不知她刻意營造出來的距離，逕自道：

「我出道這麼久，也是這兩年才有飯吃，演藝圈真的很不好混，想要出人頭地，沒有那麼簡單。」她招手叫來酒保，送了幾瓶酒上來，推了一瓶給戴碧。

「不用了。」

「沒關係，今天我請客。」

「妳不是說有東西要給我嗎？」她並不是出來喝酒的。

「妳覺得人會堅持多久？三年？五年？」童夢唯刻意忽略問話，她不想太早結束會面。「堅持就真的有用嗎？有的時候，還是要靠機運，等得夠久，機會才會來，不等，都沒有……不過有時候，真的等得很心慌……」

她在述說她的心路歷程嗎？戴碧眉頭一皺，不是無情，而是這不是她來的目的。

轉眼之間，童夢唯已經喝下三瓶啤酒。

「妳會不會喝太多了？」戴碧終於開口了。

「喝醉又何妨？人生如夢，夢如人生……」她的身體靠了過去，手搭在戴碧的身上，繼續說道：「妳的身體好軟……好香……有沒有32B？」

戴碧一驚，童夢唯的手正放在她的胸部上。

「童夢唯？」她拿開放在她胸前的手。「妳還好嗎？」

「我……很好呀！」

「妳醉了！」要不然幹嘛摸她胸部？

「不，我……我沒醉，我不會醉，我怎麼可能會醉……不可能，我不會醉啦……真的，我沒有醉……」就算她本人沒醉，旁邊的人聽她的繞口令，也快要醉了。

「童夢唯！」戴碧試圖喚醒她的理智。

「妳陪我，陪陪我嘛……」她的手攀著她的脖子，像無尾熊攀著尤加利樹似的，怎麼樣也不肯放開，戴碧皺起眉頭。

真是麻煩！

童夢唯肯定醉了，要不然怎麼會說些奇奇怪怪的話？她不僅趴在她肩上醉言醉語，嘴裡還不時呼出酒氣，臉上有明顯的酡紅，雙眼迷濛，美則美矣，可是……她很重耶！

拿不到東西沒關係，問題是，童夢唯怎麼辦？

她大可一走了之，反正她跟她也沒啥關係。

可是……放一個酒醉的大美女在這，難保不會被大野狼吃掉。再怎麼說，同為女性，戴碧還是擔心她的。況且她們算是同事，放著同事不管，好像也說不過去。

哎！她是惹了什麼樣的麻煩？

先是姚君翔，再來是童夢唯，兩個都在給她找麻煩，她這個人只喜歡簡單呀！

姚君翔？對了！

靈光一閃——

姚君翔和童夢唯那麼熟悉，他一定知道她住哪，可以把她送回家。

可是……戴碧又怯步了。

她不想看到姚君翔，天知道她看到他又會有什麼事情？她拒絕再受他影響。

「嗯……戴碧，陪我，陪陪我嘛……」童夢唯的手又伸了上來，在她的身上亂磨亂蹭的，還好兩人都是女生，要不然戴碧肯定揍大野狼一拳。

童夢唯的頭靠在戴碧的肩上，整個人像隻趴趴熊，找到了舒服的地方就不肯動彈，而且嘴巴還咕噥著：

「唔……不要走，陪陪我喔！不要走……」

不行了！再這樣下去，肯定會沒完沒了，戴碧可不想耗在這裡，只是……要怎麼聯絡姚君翔啊？

第四章

第四章

「戴碧！」

一聲大吼出現在門口！雖然 PUB 裡樂聲震耳，然而姚君翔的聲音仍貫穿舞廳，眾人均往聲音發源處望去，然後看著姚君翔走向一角。原本沒注意到吧檯還有兩個藝人的人，現在全都知道了。

戴碧差點沒把頭往吧檯敲，她就知道，不應該找姚君翔的，不過沒有辦法，他是唯一可以找的救兵。

姚君翔目光一掃，很快發現戴碧，她獨特的風格很容易引人注意，他衝了過去。

「妳還好吧？」他滿臉擔憂，緊張兮兮的問。

「她喝醉了。」戴碧指著還趴在她身上沒有放開的童夢唯。剛剛她想翻她皮包裡的手機，看有沒有姚君翔的電話，她突然亂動起來，好不容易在她身上找到手機，上面真的有姚君翔的電話，她才叫他過來。

結果他一來就引起了騷動，真是自找罪受。

「怎麼樣？妳有沒有怎麼樣？」姚君翔看也沒看童夢唯，就直直問戴碧。見童夢唯把身體靠在戴碧身上，他看不過去，伸手去把她掰開，而童夢唯從夢中被吵醒，又胡言亂語，動來動去，不肯放開，是兩人硬扯，才將這隻無尾熊抱下來。

肩上的重量解除，戴碧頓時如釋重負，動了動半天沒辦法動彈的身體，同樣的姿勢維持了一個鐘頭，肌肉都在抗議了。

「妳怎麼了？」姚君翔緊張的問道。

「沒事。」

「真的沒事嗎？」

戴碧奇怪的望著他。「你希望我有事嗎？」

姚君翔望著戴碧，又瞧瞧童夢唯，將童夢唯抱得緊緊的，免得她再亂動，又往戴碧撲了上去。

不過這個舉動，卻讓戴碧看了刺眼。

「妳們怎麼會在這裡？」他問道。

「她找我有事。」

「那妳們為什麼要在這裡？」姚君翔氣急敗壞的道。

「為什麼不能在這裡？」

姚君翔張開嘴巴，戴碧看得出來他想講話，最後還是忍了下來，只道：「以後不要再到這裡來了。」

「為什麼？」他管得太寬了吧？

「不要再來就是了！」姚君翔倏地怒容滿面，語氣嚴厲，戴碧沒想到他會發飆，而且看起來挺嚇人的，一時無語。

發現自己太超過了，姚君翔尷尬的道：

「走吧！別再待在這裡了。」抱起童夢唯，姚君翔往前走，戴碧則拿著童夢唯的東西跟在他的後面。

一路上，店裡的人都在向他們行注目禮。

雖然已經習慣受到矚目，但戴碧仍感到相當不對勁，不知是不是因為店裡那種奇異的氣氛，所以她才渾身煩躁。這種不適的感覺，一直到她走出店才消失。

※　　※　　※

將童夢唯放在她的床上，替她蓋好被子，戴碧準備離開她的房間，哪知童夢唯又醒了過來，並且抱著她不放。

「不要走……不要走……」

「童夢唯……」戴碧拉開童夢唯的手，她快被勒死了。

「不要丟下我一個人，不要……」

「沒事了，妳不是一個人，妳該休息了，睡覺！乖，睡喔！乖乖睡，我寶貝，窗外天已黑，小鳥歸巢去……」戴碧唱起搖籃曲來，壓著童夢唯的手放到床上，對她像小孩子似的吟唱起歌曲，童夢唯似乎滿意了，這才安靜睡覺。

戴碧擦擦汗，鬆了口氣，才關上門，走到客廳，這時候姚君翔已經倒好了兩杯果汁，等她一出來便遞了上去。

「喝果汁吧！」他面帶笑容，都晚上了，他依舊神采奕奕。

「不用了。」連廚房在哪都知道，還倒了果汁出來，可見他們真的很熟，戴碧壓下心頭浮起的不適，坐在沙發上。

「來嘛！喝一杯。」姚君翔討好的端上前。

「我不渴。」

「等妳感到口渴的時候，代表妳的身體已經缺乏水分了。我們得在身體發出警訊之前，為它補充水分，這樣才會健康，皮膚才會水噹噹。」

連喝個果汁都有一番長篇大論，戴碧瞪了他一眼。

姚君翔視若無睹，硬將杯子塞在她手中。啊！握到她的感覺真好。這不是他們的第一次接觸，感覺卻如同當初強烈，戴碧硬將手抽了回來。

「妳怎麼會跟夢唯在那裡？」姚君翔追問著。

「有事。」

「什麼事？」

戴碧沒有說話，她盡量不讓自己受他影響，試圖恢復平日EQ之水準。

姚君翔望了童夢唯的房門一眼，臉上浮現難得的正經。

「以後不要再去那家店了。」

「為什麼？」他跟那家店有仇嗎？

「呃……唔，總之，就是不要再去了，那種聲色場所最好少去。」

「你就沒去過夜店嗎？」戴碧譏諷道。

欸……呃……姚君翔一臉尷尬，笑了笑。

戴碧站了起來，不想久留。「你也該走了吧？」讓姚君翔待在這裡，對童夢唯也不好。

姚君翔眼睛咕碌碌的轉動，戴碧敏感的察覺，他在打什麼主意……

「我們去陽明山夜遊怎麼樣？」姚君翔滿臉笑容，彷彿把夜晚都照亮了。

「不用。」戴碧快速的回答，讓姚君翔重重受挫。

「為什麼？」他像小孩子般糾纏，尾音還高了起來。

「不為什麼。」再跟他耗下去，肯定沒好事。

「今天沒有下雨，天氣很好，現在去陽明山，說不定還能看到星星……」

「都市光害很嚴重。」戴碧冷冷道。

「那就去貓空，我知道有幾家茶坊很不錯……」

「我喝了茶晚上會睡不著。」

「那我們去兜風？」

「我自己有車……」話一出口，她就發現錯了。剛剛從 PUB 出來以後，她協助他把童夢唯放上他的車，然後跟著坐上去過來，現在她的摩托車還停在那家店的門口呢！

她終於無話可說，姚君翔樂了，只差沒手舞足蹈起來。

「可以了吧?走，我們去開車兜風！」他不由分說，一把將她從沙發上拉起，往門口衝，然後重重摔上門。

桌上的兩杯果汁還沒人喝呢！

※　　※　　※

車子的引擎在夜晚聽來格外鮮明，尤其當駛在快速道路上、兩旁又沒人時，如果兩側再長出銀色的羽翼，飛在空中，就很有科幻電影的味道了。

當然啦！這只是瘋狂的想法，不可能成真。

不過……她也是瘋狂了，竟然跟著姚君翔兜風夜遊？外面是黑壓壓的夜色，兩側是飛閃而逝的路燈，而身邊彷彿坐了個發光體，像是電影裡降落的外星人，身上都有一種奇異的光輝，令人迷惑……

「舒服嗎？」姚君翔咧嘴笑問。開車是他的興趣，這是眾所皆知的事，連這輛車也是經過改裝之後上路的。

「還可以。」戴碧冷臉道。

「我很喜歡在夜晚開車，覺得在晚上開車的話，好像進入另外一個世界，沒人打擾，感覺很不一樣。」

「嗯。」

「我看妳都是騎摩托車，妳也喜歡馭風駕馳的感覺嗎？」

「還好。」

不可否認，在風中馳騁的快感，也是她的樂趣，所以可以的話，她都自己騎車到工作現場，工作更有幹勁。

不過她是不會跟他講這一點的，讓他知道他們有共同興趣的話，好像有什麼把柄握在他手上似的。

「哪天我帶妳去桃園龍潭的賽車場，那裡有完善的裝置、設備，可以安心賽車。」他迫不及待的想把他的愛好跟她分享。

「嗯哼。」她不置可否。

「對了……」姚君翔突然沉默起來，斂起笑容，正色道：「少跟夢唯去剛才那個地方。」

「那地方到底有什麼？」他已經講了好幾次了。

「妳看不出來嗎？難道妳也……」姚君翔大吃一驚，轉頭看她，車子險些失控，好在他很快恢復心神，才沒有出錯。

「我什麼？」

「妳不覺得那裡……很不一樣嗎？」他試探的問道。

「哪裡不一樣？」她是覺得有種墜落、委靡感，帶著一點世紀末的不安，但一般舞廳不都是這個調調嗎？

姚君翔想要說什麼，欲言又止，一雙瞠大的雙眼在外面路燈的映襯下，顯得格外明亮，對她而言，他真的像外星人，轟轟烈烈登入她的生命。

「總之，別去就是了。」

戴碧也沒追問，她選擇沉默。跟他說越多話，彷彿跟他糾葛越深，有團看不見的、亂七八糟的毛線，把他們兩個纏住了。

望著外面，遼闊的夜空像巨大的黑洞，迷惑人心甘情願被吸入其中，探索另一個未知世界……

「妳有想去哪裡嗎？」姚君翔問道。他突然有種感覺，想要載她到宇宙的任何一個角落。

「回家。」她冷冷道。

「那我們先去逛個一圈，再帶妳回家吧！」

「你出爾反爾。」

「沒有啊！我只不過是順延而已。」姚君翔笑笑的道。

「我自己回去就可以了。」她惱了。

「妳要怎麼回去？」他明知故問。

戴碧冷睨著他，臉色難看。姚君翔趕緊道：「我怎麼能讓女士這麼晚自己回家？深夜問題多，我送妳最好。」

「在你身邊才是最危險吧？」她不悅的道，引來一陣大笑。

「我不認為妳是溫馴的小綿羊。」他調皮的眨了眨眼。

「那你是大野狼嗎？」

「如果妳希望我是，我會很樂意配合。」

他……他在說什麼跟什麼呀！跟他在一起，她也變得胡言亂語，怎麼會說這種沒營養的話呢？他就是有本事搞亂她，然後令她神智不清。

「無聊！」她惡狠狠道。

姚君翔露出像外星人令人目眩神迷的笑容，再一次震撼她的心，然後自顧自道：「快沒油了，找個交流道加油吧！」

戴碧沒有意見，她人都在他的手上，不聽他的行嗎？

車子像飛行船進入太空站的軌道，讓勞動的機身有個休憩的地方，而機上的人也去找補給了。

※　　　※　　　※

「95加滿，謝謝。」車子進入加油站時，姚君翔停下來加油，而手持油槍的晚班工讀生看到他時，愣住了。

「你……先生……您不是姚君翔嗎？」工讀生相當吃驚。

「我是。」姚君翔倒也大方。

「你、你、你是姚君翔？明星耶！偶像耶！你怎麼會在這裡？」這名工讀生相當興奮，差點跳了起來。

「加油啊！」姚君翔好笑的看著他，影迷的情況百百種，他有趣的看著他的反應。

「妳……妳不是RED裡的戴碧嗎？」工讀生又指著姚君翔身邊的人激動的道。

能否認嗎？戴碧選擇沉默不語。

好嘔。

不跟他出來就沒事，她可不想這麼招搖，不過常常事與願違，她應該有心理準備的。

而工讀生顯然沒料到會在加油站遇到大明星，還一次碰到兩個，他緊張的問：

「我……我可以跟你們要簽名嗎？」

「沒問題。」姚君翔很大方。

工讀生連忙招來同樣值班的員工，幾個人見到偶像全驚呼起來，圍著他們要紀念，還好現在是深夜，沒什麼車過來加油，要不然恐怕也沒人會服務，全追星去了。

一群加油站員工圍在他們車子邊，姚君翔簽完名後，將一疊紙遞到戴碧面前。

「偶像，簽名。」他打趣的化身為粉絲，跟她要簽名。戴碧白了他一眼，面無表情，車外興致高昂的真正粉絲見她這表情，感到相當失望，以為她耍大牌。不過戴碧還是很快接過紙去，一一簽名。

「謝謝。」

「謝謝。」

眾人正為得到簽名歡欣鼓舞、手舞足蹈，這時姚君翔提醒道：

「現在你們可以加油了吧？」

「喔！對……對不起。」原先那個工讀生不好意思，吐吐舌開始幫他的車子加油。

「不好意思，可以跟你們拍照嗎？」一名員工不知何時拿出手機，興奮的要求。

「OK，沒問題。」

他倒是很大方嘛！對粉絲有求必應，難怪有那麼多影迷。戴碧在外人面前，始終冷著一張臉。

姚君翔發現她的淡漠，用手輕拍她。「別這樣，笑一個。」

「我就是這樣。」

「人家要拍照，給點笑容嘛！」

「我……我不知道怎麼笑？」這不是她的所長。

「不知道？來，看我就知道了，嘻——」姚君翔拉著戴碧，對著鏡頭揚起大大的笑容，戴碧被他感染，好像不笑不行，勉強扯出一個尷尬的笑容。

啪！

不論後來姚君翔和戴碧陪加油站員工拍了多少張照片，這張他們兩個的合照，都對他們有特別意義。

※　　※　　※

要進去？不進去？

休假結束了，待會要跟貝嘉和茉莉兩個去市政府前的廣場義賣，不進去公司集合是不行的，她們還有前置作業要準備。

不過，進去一定沒好事。

今天真難熬。

戴碧足足在公司門口站了三分鐘，才撐起臉皮走進去，馬上就有人好事的對她喊了起來：

「戴碧，妳跟姚君翔是真的嗎？」

「什麼時候在一起的？」

「你們是因為上次潑水事件，反而生起愛的火花嗎？」

上次加油的那些員工竟然將他們的消息洩露給某週刊，今天她在便利商店看到封面時，臉都綠了。結帳之後竟然還忘了將買的東西拿走，真是丟臉。

戴碧抿緊雙唇，鼻孔哼出大氣，不想回答，而這時咚咚咚……從後頭傳來劇烈的跑步聲，緊接著她的身體被拖走，她張口欲叫，發現是黎貝嘉和艾茉莉時，她們已經將她拖到會議室，而且門還關起來了。

「妳們在做什麼？」她摸摸被抓得太緊的手臂。

「諾！」黎貝嘉把週刊封面拿給她看。「這話應該是我們問妳吧？你們在做什麼？」

戴碧撇過頭去，冷道：

「拍照。」

「拍給週刊當封面嗎？」艾茉莉有些幸災樂禍的道。沒辦法，平常被欺負太多次，逮到機會就要報復一下。

戴碧惡狠狠瞪了她一眼，後者躲到黎貝嘉身後去，臉上還掛著得意的笑容。

「你們什麼時候在一起了？為什麼不跟我們講？」黎貝嘉氣的是這一點。她們算是好姐妹吧？

「茉莉跟孟庭威在一起的時候，也沒提起。」

「所以妳承認你們在一起了？」艾茉莉從黎貝嘉背後探出頭來，訝異的問道。

唔……戴碧發現她說錯話了。果然受姚君翔的影響，都變笨了。

「沒有！」她惱火的吼道。

「那這張照片怎麼解釋？」黎貝嘉將封面拿到她面前。

「合成。」

啐！連這種藉口都說得出口？黎貝嘉皺起眉負，雙手環胸。「妳以為別人會相信嗎？」

戴碧不語，艾茉莉又火上加油：

「難怪你們上次說要道歉，男女主角跑得不見人影，竟然是去情人餐廳吃飯……」

「茉莉，妳要讓大家知道妳跟妳阿娜達很恩愛，他還帶妳去吃大餐嗎？」戴碧將火力瞄準對她，被黎貝嘉制止：

「妳少轉移注意力，這件事到底有沒有？」

戴碧看了她們兩人一眼，沉重的吐口氣，投降道：

「我是搭他的車沒錯，其他的，什麼都沒有。」她不是不知道她們想問什麼。

「真的什麼都沒有嗎？那麼晚搭他的車，只有兜風而已嗎？」遇到機會好好損戴碧，真是太痛快了，艾茉莉的思緒變得清晰極了。

「茉——莉！」戴碧一把將她抓過來，兩顆拳頭不停捶打在她手臂上，惹得艾茉莉哇哇大叫，玉女形象俱毀。

「貝嘉，救命啊！」

「戴碧，妳不要故意逃避問題。」雖然黎貝嘉也很喜歡欺負艾茉莉，不過現在不是時候。

第四章

「根本沒有問題。」艾茉莉從戴碧手下逃走，她不以為意，拍了拍沒有灰塵的雙手。

「那如果有咧？」

「沒有就是沒有！」她忍不住大吼，拒絕發生任何問題。

躲到旁邊，揉揉發紅手臂的艾茉莉，很哀怨的看著她。「沒有的話，妳幹嘛那麼大反應？」

戴碧一驚，她又來了。

只要扯上有關姚君翔的任何事情，她就很容易變白痴。

只要一想到他，腦海就會浮現他那燦爛、讓人無法自拔的笑容……

喔！不行！不行再這樣了，她不能再陷入他的魔障中。

「妳們該走了吧！」丟下這一句，戴碧迅速跑開。

主角走了，黎貝嘉和艾茉莉兩人也不再待下去，該準備出發了。

而被黎貝嘉丟到桌上的週刊，封面有兩個人的合照：一個是具有「陽光王子」的稱號，常掛著閃亮笑容的姚君翔；一個是素以冷酷形象示眾的戴碧。

那個常讓人覺得有距離感的冰山美人，其實也有甜蜜的笑容……

第五章

第五章

摩托車的引擎聲響在深夜流竄，戴碧試圖減速，不過今天的車況似乎有點怪怪的。

早上一整天，都在搞義賣的活動，不少藝人捐了自己平常所用的東西，她也捐了一套牛仔裝，聽說被人以五千兩百塊標走。不知是那個凱子？那套衣服她在夜市買的，竟然可以喊到這麼高標，連她自己都嚇了一跳。

不過也好啦！義賣嘛！當然希望出資者眾，只要那些錢有真的送到主辦單位所說的貧戶幼童家裡就好了。

聚精會神的騎車，呼嘯而過的風速在安全帽外流過，令她不覺想起那個乘風奔馳的夜晚，身邊還有一個全身彷彿發著亮光的男子……

去去去！無緣無故的，怎麼又想起他？他是幽靈是不是？跑來占據她的腦海！惡靈退散，走開！

前面有紅綠燈了，雖然晚上車子比較少，但仍要遵守交梘則，她如果想要飆車，都是趁休假的時候，一個人到郊外飆個痛快。

按住煞車，奇怪……她終於知道哪裡不對勁了。

今天的車不受她控制，安全正從她手中流逝，戴碧眉頭一皺，試圖降低車速，卻直直飆過了紅燈。

然後，巡邏警車從後面追了上來。

停車呀！快停車！

戴碧冒出一身冷汗，但車速沒有減緩的跡象，反而馳騁著向前而去，她努力不要擦撞，然後往車少的地方駛去。

原本享受的夜晚，霎時化為惡魔的邪容，張嘴向她大笑……

不行！快停車！停車！

警車的聲音逐漸逼近，她從後照鏡看去，有兩臺警車正追著她跑，明天準又是一條新聞，她什麼時候那麼得媒體緣了？

試著將車子往省道騎去，那裡路比較寬，希望不要撞到人，而警車也開在她左側，逼她停下，她也想停下呀！問題是……

前面一臺聯結車橫向開來，她的速度不減，方向未變，若再這樣的話……

心一橫！她跳下車子，棄它而去，然後摩托車在聯結車底下滑過，她則滾了好幾圈，滾進黑暗裡……

※　　※　　※

痛！

「他×的！」平日冷默寡言、酷勁當道的戴碧，這時撐著身體，移動左腳，試圖讓自己舒服一點。而她可憐的左腳，此刻正裝上鋼釘，打上石膏，在她面前礙眼。

「這樣不行喔，戴碧。」黎貝嘉在一旁削著蘋果道。

「不可以講髒話啦！」艾茉莉也訓斥她道。

「要不然換妳們來撞撞看！」戴碧惱火道，什麼冷漠呀！酷帥呀！全都丟到垃圾桶了。

「我又不騎車。」艾茉莉得意的道，她的口才越練越好了。

「妳有人載嘛！真好，如果張仲倫可以載我的話，讓我被撞也願意……」黎貝嘉又開始沉在與心目中白馬王子在一起的美夢。

「妳們夠了沒？」戴碧不爽的道。

「傷患脾氣別那麼大，來，給妳吃。」黎貝嘉將裝著水果的盤子遞給她，自己則拿起削下來的蘋果皮來看是不是完整的一條。

等功力練成後，她再半夜對著鏡子削，看張仲倫是不是她未來的另一半。

戴碧用力吸氣吐氣，讓自己平靜下來，才拿起蘋果吃。

「不過聽警察講，煞車線早就被剪掉，妳沒送命簡直是奇蹟。」艾茉莉將柏雅與警方談話的內容告訴了她。

「被剪掉？」戴碧眉頭一挑。

「對呀！被剪的痕跡滿明顯的。」

這麼說……是有人陷害她了？誰？是誰？她平日雖然冷淡了點，也不至於得罪人吧？

「不會是妳剪的吧？」黎貝嘉忽然對艾茉莉道。

「貝嘉，妳別胡說！」艾茉莉嚇了一跳。

「該不會是妳平常被戴碧欺負得太嚴重，心生不滿，所以才動手的吧？」黎貝嘉充當起偵探，一步步逼進艾茉莉，艾茉莉又驚又急，緊張的叫道：

「不是！才不是我啦！」

「哈哈……哈哈哈——」

聽到戴碧的笑聲，艾茉莉才知道又被耍了。

「妳們好討厭喔！」她嘟起嘴大叫。

第五章

「戴碧！戴碧，妳還好吧？」門突然被猛烈撞開，從門口闖進一團風，黎貝嘉和艾茉莉兩人被逼退到角落，一看是姚君翔來了。

「你怎麼在這裡？」戴碧大吃一驚，可顧不得裝冷漠了。

「聽到妳出事後，我就趕來了。怎麼樣？妳還好吧？」姚君翔面露焦急，眼神惶恐，那流露出來的情緒令她一震，心頭彷彿有什麼被撞了一下……

「我沒事。」

「怎麼會沒事？妳看，都受傷了。」見到她的左腳，他更緊張了。「腳怎麼樣？是不是斷掉？以後還能不能走路？」

「只是骨折而已，醫生說等它癒合就可以了。」她不想讓他太擔心。

「那就好。」他鬆了口氣。

「你臉上還有點妝……你剛下戲呀？」黎貝嘉離他比較近，看得比較仔細。

「對呀！」

「這麼勤勞。」

戴碧見他們兩人互動很好，一點也不陌生，有點不對，她開口問道：「你怎麼知道我在這裡？」竟然還知道她的病房？

姚君翔和黎貝嘉互丟了個裂色，戴碧馬上明白，她還沒有開口，黎貝嘉就拉著艾茉莉往外跑。

只剩下姚君翔了。

「貝嘉通知你的？」她瞪著他。

「對，妳也不要這麼生氣嘛！這樣對皮膚不好喔！來，笑一個。」他湊近她的臉。

「你幹嘛有事沒事就要我笑？」她有點惱怒。

「妳笑起來很好看呀！」

轟！

像是被掀開滾沸的燙水，戴碧頭上都快冒出煙了，而兩頰更不用說，早就面紅耳赤。

「胡……胡說。」

「我沒有胡說，妳笑起來真的很好看，比妳冷冰冰對人可愛多了。」姚君翔認真的道，他的瞳孔裝滿她。

蒸氣的鳴笛又響了，戴碧握著被單，不敢看他。還好她住的是單人房，如果這話給別人聽到，豈不丟臉死了？這時她很慶幸黎貝嘉和艾茉莉都跑了出去。

「你……她們為什麼要通知你？」她們發現什麼了嗎？

「還好有她們，要不然我就無法在最快時間內來看妳了。」

「看我幹嘛？我又沒什麼好看。」

「妳很好看呀！再笑起來就更好看了。」

唔……油腔滑調！戴碧想罵，卻罵不出來，因為他對她的關心是如此坦率、真誠，她很難去抨擊他。

「還不就這樣。」她故意說得平淡。

「妳沒事就好。」他重重吁出一口氣。

不想就著這話題打轉，她道：

「你從片場過來？」

「對呀！等會就要回去了。」

「你還沒拍完？」她有些驚訝。

「對呀！沒關係，我請他們先拍其他部分，我回去再趕戲就可以了。」他輕鬆的道。

有股滾燙的熱流衝撞著她的心，戴碧發現，其實自己沒有自己想像的那麼冷酷，她……還滿容易受感動的……

不想讓他發現，她企圖裝作無情。「你被罵我可不負責。」

「我也沒要妳負責，只要見到妳沒事就好了。剛剛黎貝嘉還故意把妳說得很嚴重，嚇我一跳。」

難怪他進來時，神色那麼慌張。

「那個女人的話，只能聽一半。」

「只要有關妳的事，不論她說什麼我都聽。」

「她說了什麼？」她心頭一咚。

「就說妳沒辦法說話、不能走路，還一直在哭，講得好逼真，妳可以問她考不考慮去演戲？」姚君翔一派輕鬆，對被騙一事絲毫不介意。

「你自己去問她。」這女人，敢咒她？

「有什麼狀況的話，要通知我，我會隨時過來。先這樣子，我得走了。」姚君翔依依不捨，但工作在身，無法久待，他惋惜的道。

「嗯。」

「要走了，妳都不留我？」他討同情。

「拜拜。」口是心非。

「嗚嗚……妳真的不留我？好，沒關係，我走了，我會再來的，一定，不食言，要相信我喔！」怕她不信任似的，姚君翔連說了好幾個肯定句。

「要走快走。」

從她嘴裡是不可能得到什麼好聽話的，姚君翔只得離開，就在他身影消失在門外後，突然又調皮的探進半副身體。

「我走了喔！」

「再見！」她重重的道。

姚君翔滿意了，他大步離去。

他走了嗎？他真的走了嗎？戴碧愣愣的看著他離開，他會不會突然又從床底下冒出來嚇她？照他的個性，這是相當有可能的。

她在幹嘛？竟然期盼他的到來？

剛剛一直沒問出口的，此刻全積在她心中發酵，他為什麼會來？就算黎貝嘉通知他她在醫院，他也沒必要過來，而且還是跟劇組請假，這……代表了什麼呢？

一股異樣的情素，在心中悄悄蔓延開來……

※　　※　　※

待消息公布之後，慰問的花籃如山堆在病房門口，幾乎都不能走進去了，還得勞煩院方人員清出一條通道，才得以進去。而消息靈通的粉絲也湧到醫院門口，想對戴碧表示關心，這對戴碧來說，並不是喜事。

她想要安靜，大批的媒體卻守在門口，沒看到也煩，還好柏雅姐早就交代院方，不要打擾到她，甚至派出人力和院方合作守門，這情形，反剛像是被關在監獄裡的犯人，哪裡也去不了。

而黎貝嘉和艾茉莉也沒來，她一個人待在病房翻閱她們帶來的書籍，打發時間，這時手機響起——

「喂？」她接了起來，視線仍停在書上。

「戴碧，我是童夢唯。」

戴碧放下書籍。「有什麼事嗎？」

「我……我是今天看到報紙，才知道妳住院了，妳……還好嗎？」她的聲音焦灼，和戴碧的冷淡恰成對比。

「我很好。」

「我可以去看妳嗎？」她要求著。

「不方便吧？」外面媒體這麼多，戴碧覺得麻煩，然而，從童夢唯的口中，卻逸出了失望。

「這樣啊……那妳什麼時候出院？」

「再幾天吧！」

「等妳出院後，我再去探望妳。」

「嗯哼。」戴碧不置可否，她沒有把她很重，嚴格來說，她們連朋友都稱不上，不過有過一些交集。

童夢唯又說了，充滿歉意：

「對了，關於上次的事情，我很抱歉，我也不知道自己那時候怎麼會喝醉，還讓妳送我回家，真不好意思。」

「沒關係。」

「那麼，關於李瑩的事，就等妳出院，我們再見個面好嗎？」

「嗯。」

「那就這樣囉！拜拜！」童夢唯掛斷電話前，戴碧感到她是雀躍的，跟她見面有那麼開心嗎？

放下手機，想再將書看完時，房門被打開了，一個人影背對著她，鬼鬼祟祟閃了進來，還不時往外探頭探腦。

「姚君翔，你在幹什麼？」她忍不住丟了一句。

「躲記者呀！」

「你的新聞那麼多，還怕記者嗎？」戴碧忍不住吐槽。想到他上報的新聞都是跟女星有關，她神色一凜。

「我是不怕，只是怕吵到妳呀！」確定無人跟蹤，他把門關了起來。

「少扯到我身上。」

「其實也沒關係啦！我們都上過雜誌封面，再多一條新聞也不足為奇。」他說得輕鬆，戴碧臉上更加灰暗。

「你習慣，我可不習慣。」

姚君翔突然把臉湊到她面前，每次只要他的眼裡裝滿她時，她就知道她又逃脫不了他的魔障了。

「幹嘛這麼沉重，不是要妳多笑嗎？」

「你管太多了吧？」她惱火著。

「笑嘛！笑一個嘛！」他催促著。

「你為什麼每次看到我就要我笑？」她快起肖了。

「好看啊！妳看，這是我們上次被偷拍的照片，我特地把它留下來作紀念。雖然說拍得不是很好，有些地方模糊了，但是妳笑得很好看，妳應該多笑的。」姚君翔把那張被賣到雜誌社的照片掏了出來，以資證明。

「你……你還留下來作紀念？」戴碧大吃一驚。

「對啊！」姚君翔笑得眼都瞇了起來。

「為什麼？」

「我覺得人不應該沒有笑容。一個人冷冰冰，死氣沉沉，成天掛著棺材臉，這樣怎麼過活呀？我希望妳常笑，這代表妳開心，所以，沒事就多笑笑。」他還扯出一番道理，不過戴碧可不依。

「我為什麼要笑給你看？」

他的語氣和表情都相當認真：

「因為我喜歡妳呀！」

轟！

霎時原子彈爆開，核能外洩，巨量的輻射在她的腦子四處飛射，戴碧的臉紅也不是，白也不是，全擠在她的身體裡，帶來奇異的反應。

「不可能！」直覺排斥，她脫口而出。

姚君翔一臉受傷，捂著胸口，眉頭緊蹙，透過誇張的肢體動作掩飾心中的創痛，他不可置信的道：

「難道妳不相信嗎？」

「你……應該喜歡過很多人吧？」她還真的不相信，他以為輪到她該被他玩嗎？

「對，可是那些全都在認識妳之前，妳不能拿過去的事跟現在比。」他仍以誇張的動作呈現情緒，戴碧冷然道：

「這是哪齣戲的臺詞？」

「我是說真的，為什麼妳不相信我？」他好難過。

油腔滑調、巧言令色、甜言蜜語，基本上，她對這種人沒什麼好感，下意識的排斥，不過，心，可就不一定了……

「那李瑩怎麼說？」其他人她不知道，不過跟她同門的李瑩，戴碧可就不舒服了。

「不要提起那個女人！」姚君翔忽然咬牙切齒。

「幹嘛？你們吵架了嗎？」

「她……」姚君翔一副嫌惡的嘴臉，不悅的道：「不是每件事，都像表面上看到的那樣子。」

戴碧忍不住譏諷：「你不是還給了她二十萬？」

「今天不管是誰需要用錢，只要開口，我都會借給他的。前題是，真的是有急用。」提起李瑩，他似乎不太開心，沉悶的道：「妳講的那些事情，都過去了。」

呵！敢情他還是個至情至性、義薄雲天的俠客嗎？錢就這樣拋出去了，在拋出去之前，都不會考慮一下嗎？可見……他是真的把心放在李瑩身上，戴碧不是滋味，冷然道：

「反正你要借給誰，都是你的事。」

「戴碧……別這樣，來，笑一個。」他試圖轉移注意，不想再在李瑩的身上打轉，他故意逗著戴碧，像玩弄小狗似的，以食指勾著她的下巴搔癢，企圖化解適才的不悅，不過戴碧不吃他這一套，反而讓她越來越覺得他輕浮。腦子裡有一條繩子，不停的把沉淪的心吊起來。

「不要碰我。」

「笑給我看嘛！」

「誰要笑給你看？」她沒給他臉色看就已經很不錯了。

「戴碧……」姚君翔不死心，又要上前，戴碧眼一瞪，目中森然似在警告，如再逾越就要給他好看。

他只好壓下澎湃的情感，免得嚇著了她。

※　　※　　※

為什麼？為什麼戴碧不接受他呢？

坐在片場，等著卡麥拉的姚君翔心神不寧，精神嚴重渙散，這對平常笑口常開的他，是很反常的事。

女主角童夢唯拿著劇本，走到一旁跟他對戲，卻發現他在發呆。

「君翔，你怎麼了？君翔……君翔……」見他沒有反應，童夢唯捲起手中的劇本，朝他的頭顱打了下去，當場把他的意識打回現實。

「誰？誰打我？」

「你還知道有人打你？你在發什麼呆？」童夢唯教訓著他。

「妳幹什麼啦？」姚君翔摸著被打的地方抗議。

「看你魂不守舍的，當然要把你叫回來了。你是怎麼了？」

姚君翔看著她，嘆了一口氣，再看了童夢唯一眼，又嘆了一口氣，再看了她一次，氣又嘆了起來……

「你到底好了沒有？」童夢唯不悅的道。

「夢唯，妳覺得我怎麼樣？」他露出認真的表情問，卻被童夢唯吐槽：

「又還沒開始，你演什麼演？」

「我是認真的啦！」姚君翔忍不住大叫起來，為什麼他難得嚴肅，一下子就被吐槽？

「你認真？我看很難。」

「為什麼？」

「你一天到晚開玩笑，說話真真假假、虛虛實實，誰知道你是認真的，還是假裝的？」

「我有這麼難了解嗎？」他都不知道。

「對呀！」

「連妳也不了解我？」他捧著心口，狀似受到打擊，身體還往後退，一副扼腕的樣子。

「我幹嘛要了解你？」童夢唯不屑的道，然而她卻是唯一懂他的人。

「我們可是關係匪淺呀？」報上又傳出他們兩個的「緋聞」，他說的曖昧，童夢唯卻嗤之以鼻。

「看吧！又來了，你要嘛就不正經，要嘛就吊兒郎當，還說認真？」

「妳乾脆說我玩世不恭算了！」他搶話，自貶身價。

「你很了解自己嘛！」

「我只不過讓著妳，妳倒得寸進尺了？」姚君翔跟她大眼瞪小眼，兩頰氣鼓鼓的。

「我說的不對嗎？」

「太過分了，妳都沒有想我會傷心，我要哭了。」他捧著臉，一副泫然欲泣的模樣，童夢唯淡淡的道：

「省點力氣，待會再哭吧！」

「真是無情。」他收起眼淚。

「你還沒習慣呀？」

難道他真的像她所言，那麼不正經、吊兒郎當？他對待感情可是很嚴肅的呀！好不容易想認真找她商量，想知道自己到底哪一點不受戴碧歡迎，卻惹來萬箭穿心，自找苦吃。

話雖說得毒辣，然而童夢唯仍是關心他的，見他沉默不語，童夢唯面色微凝，問道：

「你怎麼會突然問起這個？」

「沒事。」他不想又被吐槽。

「不可能吧？」要不然他不會這麼不對勁。

「對啦！沒事啦！」

雖然還想再問下去，不過一旁的工作人員已經在叫了，童夢唯壓下疑惑，任憑姚君翔又開始陷下去，沉浸在自己的世界裡。

相當反常，一定有問題。

第六章

「快點！戴碧，可以了！快出來！」小逸眼睛看著前方，手卻往後猛揮，她既要觀察有沒有媒體出沒？又得護送行動不便的戴碧，這真是一大挑戰。

還好這裡是後門，要出院的消息也沒有發布，而且戴碧又喬裝了一下，所以大致來說，出院是沒有問題，只是要謹慎一點。

頭戴鴨舌帽、身穿寬鬆T恤、柱著拐杖的一個人影出現……赫！不仔細看的話，還以為是個男孩子，結果是青春偶像團體RED裡的戴碧。

她緩緩走了出來，確定附近沒有可疑人士出沒，才跟著小逸上了接送的車子，準備回家。

一束典雅簡約的鮮花突然送到她眼前。

「恭喜妳出院了！」姚君翔的臉從花束後面出現，戴碧訝異極了，他怎麼會在車上？

「你……你怎麼會在這裡？」她一副看到鬼的模樣。

「來接妳呀！」

「你為什麼知道我出院？」戴碧望向旁邊的小逸，她轉過頭去看窗外的藍天白雲。

「我們心有靈犀呀！」

「誰跟你心有靈犀！」她喝斥。

「真的嘛！」

「胡說！到底是誰告訴你的？」

「是誰說的不重要，重要的是，在這個重要的時刻我能夠出現，成為妳最重要的人，我非常高興。」

「胡扯！」雖然聽了「鳳」心大悅，不過戴碧還是板著一張臉。

「我說真的嘛！」奇怪，為什麼他說的話她都不相信？

戴碧瞪著小逸，察覺到背後的凶狠目光，小逸只得回過頭為自己脫罪。

「不是我，真的不是我。」

諒她也沒那個膽，不過……是誰呢？

見到姚君翔突然出現，她是欣喜多於詫異的，只是習慣使然，她對他還是排斥，他那張嘴巴油腔滑調，令她渾身不自在。

「把花拿開。」

「送妳的，拿去嘛！」他硬塞在她手中。

「味道好噁心。」

「會嗎？很香呀！」他還自己深深吸了一口氣，相當陶醉，戴碧心中苦笑，卻沒表現出來。

「拿走！」

「妳幫她拿著，我要開車囉！」姚君翔將花丟給小逸，然後開始操控方向盤。

戴碧望著他的後腦勺，心情還停留於見到他時驚喜的狀態……

※　　※　　※

「回來囉！回來囉！」

姚君翔大呼小叫進了屋子，戴碧則瞪了他一眼。這是誰的家呀？他叫得那麼開心做什麼？

「謝謝，你可以走了。」戴碧冷冷道。

「別這麼急嘛！來，喝杯水。」姚君翔找到了飲水機，倒了兩杯水，一杯給她，一杯給小逸。

「還有什麼事嗎？」她見他不打算離開。

「我可以幫妳收拾行李呀！」姚君翔從小逸手中拿過她的行李。

想到行李裡有她這幾天的換洗貼身衣物，戴碧一驚，用著比平常大聲的音量阻止：

「放下！」

「我幫妳有什麼關係？」

「我說放下就是放下！」

「不用客氣嘛！」

「你是聽不懂國語嗎？」戴碧惱了，站了起來怒吼。小逸見情況不對，連忙拿著花束去廚房避難。

「懂、懂，只要妳說的我都懂，好了，妳坐下吧！病人就是要多休息，才會好得快。」姚君翔按著她的肩頭，輕輕將她壓回去。

他的手掌又厚又熱，放在她的肩頭，她感到發燙……連忙坐下，不想和他有接觸。

姚君翔體貼的問：「妳想休息了嗎？」

「對。」他可以走了。

「小逸，妳可以走了。」姚君翔吩咐著。

「喔！好，那……拜拜囉！」一得此令，小逸如獲大赦，奪門而出，而姚君翔還站在原地。

「你呢？」戴碧冷然看著他，他是真笨還是假笨？

「我什麼？」

「你也該回去了。」

「我？我要留下來照顧妳。」他說得極其順口。

「你……你什麼？咳！」她差點被自己的口水噎到。

「妳看妳家裡都沒有別人，叫我怎麼放心？我看我住下來好了。」他很認真的說道，戴碧卻是心驚。

「不用了！」她反對。

「那妳生活起居怎麼辦？」

「我平常都一個人，已經習慣了。」

「那是平常，現在是特別時候啊！非常時期非常狀況，妳不用擔心，我會好好照顧妳的。」姚君翔拍了拍胸脯，自信滿滿的道。

「不用。」

「要啦！」他繼續跟她盧。

「不用！」

「要啦！」

「不用！」

「好啦！」

※　　※　　※

結果怎麼會這樣？

戴碧不可置信的看著姚君翔在他們家忙前忙後、洗上洗下的。她住院的這一陣子，家裡都沒有人在，家具都沾上灰塵了，但是還不至於不能住人，而這個姚君翔竟然挽起衣袖、撩起褲管，把他那有點長的頭髮綁成一束馬尾，然後跪在地上擦地？天啊！她拖地都用拖把，連沙發底下都是大掃除時才清理，他竟然趴在那裡幫她清蜘蛛絲。

不可能無動於衷。

「姚君翔。」她開口了。

「什麼事？」姚君翔頭抬也不抬，相當認真。

「你……你忙完了嗎？」她小心的問道，避免給他太多遐想，以為她心軟了。

「再等一下，快好了。」

「你不必這麼做的。」

「沒關係。」將沙發底下的零錢掃出來後，他得意的炫耀。「妳看，十塊錢耶！」

「你要就給你。」

「還有餅乾耶！」

咦？這不是上次弟弟戴柏宏回來時，在沙發上吃的餅乾嗎？竟然還存在！難怪她覺得奇怪，甚少開伙的她，家裡怎麼會有蟑螂？

「還有拖鞋耶！」

「夠了！你已經打掃得很乾淨了。」戴碧叫著，再這樣下去的話，整個家都會被他翻過來。

將沙發底下掃出來的雜物，該丟的丟，該歸位的歸位，姚君翔才站了起來，到廁所洗淨雙手，走了出來，又進到廚房。

半晌，從廚房傳出：

「戴碧，冰箱裡的罐頭不能吃了啦！」

「那就丟掉呀！」
「小黃瓜也爛了。」
「我知道。」住院住了兩個禮拜，不爛才怪。
「很多東西都不能吃了啦！」
「你到底想做什麼？」
「做菜給妳吃呀！」他伸出一個頭來。
戴碧瞪大了眼睛，她那個弟弟最討厭碰家事，總是說什麼君子遠庖廚，姚君翔怎麼跟一般男孩子不一樣？
「你不要把我廚房搞壞。」她柱著拐杖，走到廚房門口。
「不會啦！」
「你可以出來了吧？」他在她家走來走去，她有一種被看光的感覺，很不自在。
「再等一下。」
「喂！」戴碧走上前，姚君翔關起冷藏室的門，正準備打開冷凍庫的門，未料手揮得太用力，差點要打到她的鼻子，戴碧連忙往後退——
不退還好，一退可不得了，她整個重心往後倒，就算有拐杖也沒用。

「啊——」

「戴碧！」姚君翔驚恐的叫了起來，不顧冰箱門了，他連忙要去抓她，但戴碧只有一隻腳能出力，站也站不穩，眼看就要倒地，姚君翔整個人滑壘，身體先行倒下，然後——讓她壓向他！

「好痛！」

姚君翔忍不住叫了起來，倏然被一個重物壓到，又加上重力加速度，力道之強是可以想像的。

戴碧壓在他身上，無法動彈。

壓的人是她，照理說，她應該站起來的，可是她一隻腳不方便，連移動都很困難，結果反而是姚君翔從她底下慢慢爬出來，然後問道：

「妳還好吧？」

「另一隻腳還沒骨折。」她瞪著他。

姚君翔將她扶起來，戴碧正要去撿在地上的枴杖時，姚君翔卻一把將她抱起來，慌得她大叫：

「你做什麼？快點放我下來！」

「妳現在不方便，我就說妳需要人照顧。」他抱著她走向客廳。

「選不都是你害的。」她咬牙切齒的道。

「妳真是一點都不可愛。」

竟敢講她？戴碧更生氣了。「我本來就不可愛，我也沒有否認過。怎麼樣？你滿意了嗎？」怪怪，為什麼他講這話時，心頭有點酸酸的呢？

姚君翔抱著她走到沙發，放了下來，一雙眼睛看著她道：

「不可愛沒關係，我喜歡就好了。」

※　※　※

喜歡？喜歡？喜歡？

這不是他第一次說喜歡她了，可是為什麼她臉頰發熱，心也跳得好快，像年輕稚嫩、情竇初開的小女孩一樣——幹嘛這麼開心？

醒醒吧！戴碧，妳不是最討厭這種巧言令色的輕浮男生嗎？怎麼他一講幾句好聽話，妳就投降了？

可是……可是……她是真的開心嘛！有人照顧她、服侍她，又說喜歡她，不管她的冷言冷語，他都留在她身邊，她又不是真的冰人，會不融化嗎？

何況她也不像自己想像的，那麼討厭他。

「上菜囉！」

一記吆喝驚醒了正在沉思的她，戴碧醒了過來，看著姚君翔穿著圍裙，活像個跑堂似的，忍不住笑了出來。

「這是我炒的開陽白菜，妳吃吃看……咦？妳笑了嗎？」姚君翔像發現新大陸般的叫了起來。

「沒有。」她拒絕承認。

「下次我會注意的。來，嘗嘗我的手藝，吃過的人都讚不絕口喲！」剛剛他清了不少冰箱的垃圾，拿出去丟掉，又在巷口的超市買了幾樣菜回來，剛開始他說要下廚時，戴碧還在懷疑，現在是沒有了，不過……能吃嗎？

看著他期盼的眼神，只差沒跪在地上，雙手搭上她的膝蓋，像隻對主人討好的小狗似的，戴碧不忍拂逆，拿出筷子一夾，送入口。

嗯，味道真是……

「怎麼樣？」他睜大了眼睛。

「還可以。」該死的，好吃極了！比她自己煮的還好吃。吃過他煮的菜，她才知道自己的手藝有多差勁，難怪她都覺得外食比較好吃。不過跟他的手藝一比，外面賣的又不算什麼了。

「我就知道。」姚君翔一點也不謙虛，他相當有自信。

戴碧也不多說什麼，反正菜都煮好了，不吃就浪費了，她大快朵頤起來。

「你怎麼會做菜？」終於忍不住，她開口問道。對他，她開始感到好奇起來。

「小時候我們家三兄弟都得到家裡開的餐廳幫忙，看那些大廚弄這弄那的，看久了也就會了。」

原來如此，難怪。戴碧又低頭吃飯。

「如果妳喜歡的話，我天天都可以做給妳吃。」姚君翔又冒出這一句話。

戴碧從碗裡冒出頭來看他，這次她很認真的思考。

一個在螢光幕前當紅的青春偶像，竟然在她家裡打掃拖地、煮飯做菜，看他穿著圍裙的樣子，又相當寫意、自然，彷彿天生是個居家男人，其實他還是有很多優點的……

咦？她在做什麼？接納他了嗎？她只是摔斷腿，沒有撞到腦，面對一個油腔滑調、花言巧語的男性，是該有點警戒心的。

會答應住下來，純粹是看在他可以整理家裡、服侍奉待她的份上，多一個可使喚的僕人也不錯。

她努力的這樣說服自己。

※　　※　　※

「廁所櫃子裡面有新的牙刷，還有毛巾，等下你就睡我弟的房間，左手邊那間就是他的，右邊是我的。對了，半夜……不准亂跑。」戴碧警告著姚君翔，語氣裡有著濃濃的威脅。

「萬一妳半夜跌倒怎麼辦？」姚君翔不知是真擔心還是假擔心，竟然提出這種問題。

「不會有這種事發生。」戴碧忍住脾氣。

「妳半夜都不會起來尿尿嗎？」

「睡覺前排空不就得了！」戴碧惱吼，他問這麼清楚幹嘛？

「喔！對厚！」姚君翔假裝恍然大悟，燦然一笑。怎麼樣嘴皮也占不到便宜，這個戴碧真是個銅牆鐵壁，想要接近她可真辛苦。

不過沒關係，他已經住進她家了，總有一天，他會住進她的心房……

還在神遊之際，戴碧已柱著拐杖進了房間，並準備將門關起來，他連忙手一揮，擋住了她。

「你想做什麼？」戴碧瞪著一雙銅鈴大眼，警覺的看著他。

「妳要睡了啊？」

「對啊！」

「那……要好好休息喔！」貪看她清冷的容顏，雖然每次都被她的寒冰掌擊退，他仍不屈不撓，勇往直前。為了心之所愛，這一切，都是值得的。

追女孩子，本來就沒那麼簡單。

「你不讓我關門，我怎麼休息？」她冷冷道。

對厚！姚君翔將身體移開，就算在晚上，他還是閃著那笑死人不償命的笑容，跟月亮爭輝，然後以迅雷不及掩耳的速度，在她頰邊落下一吻……

「晚安囉！」他幫她關上了門。

他他他……他在做什麼？

望著那張笑意盈盈的臉離開，她呆呆的、傻傻的，知覺晚了三分鐘，才由身體各部位集中回大腦，然後判斷剛才發生了什麼事。

第六章

他他他……他吻了她？他剛才吻了她？他剛才真的吻了她？

戴碧知道現在的樣子一定很拙，還好現在在她自己的房間，沒有被其他人看到，尤其是他……

他到底在幹什麼？看起來像是一個晚安吻，可是……即使是一個晚安吻，都叫她心頭波蕩不已，他的每個舉動，都輕易觸動她的心弦，讓她逐漸迷失……

喔！真是太可惡了！他怎麼可以這樣隨便玩弄她的心靈？太可惡了！

這一夜，戴碧失眠了。

※　　※　　※

「喂……」

唔……不要吵他，他正好睡哩……姚君翔揮開在他身上推動的那一隻手，眼皮連張都沒張，逕自闔眼。

「醒來！」

又來了，一大早的，誰在擾人清夢？姚君翔咕噥著，翻了個身，不去理會……

戴碧忍無可忍，拿起拐杖，朝他的身上戳去。

「誰戳我？」姚君翔終於有了反應，醒了過來。待他張開雙眼，看到站在眼前的戴碧時，整個人跳了起來。「妳、妳起來了啊？」

這不是廢話嗎？戴碧睨了一眼，問道：「你在這裡做什麼？」

「睡覺啊！」他從沙發上坐了起來。

戴碧蹙著眉頭，冷冷道：

「有床你不睡，睡沙發做什麼？」

「我……我認床。」他打了個大呵欠。

認……認床？戴碧睜大了眼睛。既然他認床，為什麼還要住進她家來？這不是很矛盾嗎？難道他真的喜歡她，願意犧牲到這種地步？

「既然認床，那沙發怎麼就睡得著？」她狐疑的問道。

「妳家這張沙發，剛好跟我家的一模一樣，好巧喔！所以我才決定睡在這裡，很好睡耶！」

戴碧瞪著他，吐出：「小心落枕。」

「妳在關心我嗎？」姚君翔眼睛一亮，睡沙發總算有代價了。

「你想太多了。」戴碧向廚房走去。

「妳是不是在關心我？是不是？是不是？」姚君翔非得打破沙鍋問到底，他的逼問令她有些無力，一律以冷眼回應。

「夠了。」

「不要害羞嘛！愛我就要大聲說出來。」他的眼睛一閃一閃，不停在放電。

「誰會愛你這個不請自來的討厭鬼？」戴碧躲來躲去躲不了，不免惱羞成怒。

非常狠毒的話語，如毒箭刺進他的胸口，霎時，姚君翔的臉色慘白，沉默不語，絢爛的陽光突然消逝，大片的灰雲遮蔽了晴空，見他轉變之迅速，戴碧慌了。

其實，她並沒有那麼討厭他……

有他在身邊，其實樂趣還滿多的。他臉皮厚，說話常常逗她開心，只是她無法承認對他其實是有好感的，彷彿這樣就輸了一截。

不過見他現在這個樣子，她也不好受，難道……自己真的喜歡上他了？

戴碧張開嘴巴，正想說點什麼安慰他的話，不善感性的她正在思索如何用字遣詞，才不會讓他發現她的心事，這時姚君翔忽然開口…

「戴碧，我想……我真的落枕了。」

※　　※　　※

肩上貼著痠痛藥布，仍化不了僵硬的肌肉，連轉動脖子都很困難，姚君翔有點後悔幹嘛放著好好的床不睡睡沙發，以前在家裡不就是因為太常躺沙發而屢次落枕嗎？好像有點成慣性了。

既然在外，他該改改認床的習慣了。

而這幾天還有工作要做，身體卻被他搞成這個樣子，好像太辛苦了點？不過革命尚未成功，同志仍須努力，姚君翔只能祈禱這個過程快點過去。

「君翔，怎麼動作那麼慢？快點啦！」同齣戲的男演員自以為熟悉的粗魯打了他一拳，落在他的肩上，他痛得哇的一聲叫了起來。

「啊！」

「怎麼了？」童夢唯一到現場，就聽到殺豬似的哀嚎，然後看到姚君翔如同壁虎般貼在牆上。

「死小甫，等我好了，看我怎麼修理你……」姚君翔僵硬的從牆上爬了下來……咦？他動動脖子——落枕竟然好了？

「怎麼了？」童夢唯看著他怪異的舉動。

「咦？沒事了！呵呵！沒事了！」他揮揮手，對著遠處的小甫大叫：「小甫，謝謝啦！」

遠處的小甫回過頭，莫名其妙的看著他。

「你還好嗎？」

「我很好，脖子好了，什麼都好了，喲呼！」他開心起來。

童夢唯早就習慣他的瘋癲，不加理會，她要說的是：「對了，昨天你去哪裡了？打你家的電話還有手機都沒人接，跑去會哪個女人了？」她開玩笑的道。

「嘿嘿嘿……」他故意吊她胃口。

「真的是女人？」童夢唯眼睛一亮，一副哥倆好的模樣，撞了撞他。「說，是哪個女生？」

「不告訴妳。」

「為什麼不能說？我又不會跟你搶！」

「那可不一定。」

童夢唯被他說得惱羞成怒，朝他皺了皺鼻子，扮了個鬼臉。

「小氣鬼！」

第七章

錄音室裡，三個女孩子聚在收音間，正在嘰嘰喳喳的聊天，順便喝著艾媽媽的護嗓花茶。而外頭的音樂製作人似乎為了什麼地方正和工作人員起爭執，她們也趁機休息一下。

「戴碧，上次妳出院，姚君翔送妳回去喔？」艾茉莉毫無心機的問道。

「誰說的？」

「貝嘉呀！」

戴碧睨眼望去，發現黎貝嘉正在比手畫腳，要艾茉莉噤聲，可惜來不及阻止。戴碧見黎貝嘉非常古怪，心中起疑。

「妳看到了嗎？」

「沒有哇！可是他應該會去……」聲音突然變小。

「為什麼？」

「呃……這個、那個……」她企圖以傻笑應付過去，卻被戴碧一聲冷斥：

「哪個？」

「好啦好啦！說就說嘛！是我告訴他妳那一天要出院，安排他去接妳的。」黎貝嘉全招了。

戴碧臉色一變。「為什麼這麼做？」

「就……他說有張仲倫的消息，然後我就……」根本不用她解釋，戴碧全明白了。這女人，為了一個得不到的男人，把她給賣了。

「難道我比不過張仲倫？」真是有異性沒人性。戴碧惱了。

「也不能這麼說，我看他真的想要追妳，態度也很積極，所以才告訴他妳的事情。」

「妳跟他很熟嗎？」她冷冷道。

「是不熟，不過如果妳真的要拒絕他，當天大不了可以另外叫一臺計程車走，但是聽小逸說，他直接把妳載到家，不是嗎？」黎貝嘉不相信她那麼笨。

被黎貝嘉一說，戴碧說不出話來。

那麼……更不能讓這兩個女人知道，姚君翔住在她家裡，而且快兩個月了。

真是！

戴碧喝著茶，這時一束花映入她們眼簾，隔著玻璃，她們看到錄音間的工作人員和音樂製作人交頭接耳，然後音箱傳來製作人的聲音：

「戴碧，出來一下。」

戴碧跛著腿走了出去，還好她傷的是腿不是喉嚨，沒有防礙她的工作，她的聲音比身上其他部位都來得重要。

「什麼事？」

「有人送花給妳。」

是姚君翔嗎？腦袋迅速閃過這個念頭，一絲羞赧浮上臉蛋，她很快恢復心神，假裝正經的問道：

「誰送的？」

「上面有卡片。」工作人員將花束遞給她。

戴碧拿起花上面的卡片，而黎貝嘉和艾茉莉兩人也跑了出來，兩人替她捧花研究起花的種類來。

打開卡片，是女性娟秀的字體，戴碧見到署名——是童夢唯。

「童夢唯？」黎貝嘉替她唸了出來，問道：「妳跟她很熟嗎？」她記得她們沒什麼交集。

「還好。」

「她寫什麼？」

「恭喜我出院，說她昨天才知道這件事。」戴碧將卡片放下，有點失望。

「啊？是女生啊？」艾茉莉叫了起來：「怎麼不是男生？」

「不是每個人都像妳一樣，有男朋友送花好嗎？」黎貝嘉對這話感到不悅，她被刺激到了。

「我又沒其他意思。」艾茉莉嘟起嘴。

「好了，沒事了，進去吧！」戴碧將這束不具意義的花拋到腦後，繼續錄歌。

※　※　※

錄歌並不是件簡單的事，尤其對靠音樂吃飯的RED來說，每一首歌都注入自己的精神、靈魂，所以不論在咬字、唱腔上，都特別要求。而她們又是三個人，當錄製她們的合唱時，更是每個環節都不能疏失。

所以一首歌錄了十遍、二十遍，練到無力、練到麻痺，還是得繼續下去。

「那個B調的地方重來一次。」製作人的話從音箱傳來時，RED三個人都暗暗叫苦。

這個製作人是出了名的難纏，相對的，他對作品的要求也很高。縱使已經很累了，她們還是願意配合，以達到最好的一面。

第七章

三個人聽著前奏，正準備下歌時，從玻璃窗外出現一個燦爛如太陽般的男人，正揮手向她們打招呼。

「哈囉！」

從他的嘴型大概可以猜出他正在打招呼，戴碧臉色都變了，他他他……他來做什麼？

黎貝嘉和艾茉莉拿下耳機，驚異的望著他的到來。

而姚君翔彷入無人之境，打開收音室的門走了進來。

「你來做什麼？」戴碧全身緊繃，害怕讓人發現他們同居的事實。

「來看妳呀！」

「你怎麼知道我在這裡？」該不會又是黎貝嘉吧？戴碧惡狠狠的瞪了她一眼，黎貝嘉連忙搖頭。

「不是，我是看到妳掛在牆上的行事曆有寫……」

這時戴碧突然發揮驚人的力量，一雙腳快速的不像受過傷，她抓住姚君翔直撞到牆壁上。

「閉嘴！」她小小聲道。

姚君翔好笑的看著她，這是她第一次、第一次這麼主動靠近他耶！他的手只要往前一抱，就可以將她抱滿懷，享受軟玉溫香的滋味……

「戴碧，妳在幹什麼？」黎貝嘉奇異的看著她。

「小心妳的腳。」艾茉莉也吩咐著。

猶如電光一閃，戴碧離開了姚君翔的身體，起碼有兩公尺遠。

「沒事。」她冷冷道。

沒事？

簡直是此地無銀三百兩，雖然戴碧一再表現冷靜，但已失了平常的水準，神色已不見沉穩，反而略顯慌張。

姚君翔得意的獻寶：

「看，我帶來很多吃的喲！」他拿起手上的袋子，食物的香味傳了出來，黎貝嘉和艾茉莉兩個人已主動接手。錄音錄了那麼久，肚子也餓了。

「我不吃。」戴碧說道。

「為什麼？這都是妳愛吃的呀！」姚君翔瞪大了眼睛。

「你怎麼知道我喜歡吃什麼？」她企圖跟他保持距離。

第七章

「那當然，因為我們……」

「你可以離開了！」戴碧出聲喝斥，再跟他講下去，就會洩露出他們的祕密了。

「人家才剛來耶！」

「我們在工作。」

「我已經跟顏大哥講好了，他說讓妳們休息半小時。」

他已經跟製作人這麼熟絡，還稱兄道弟起來？戴碧橫眉怒視，他的嘴巴最好小心點。

「嗯……好吃。」黎貝嘉吃著滷味，喝著花茶，一臉幸福的道：「還是送食物比較實際，花又不能吃。」

「誰送花？」姚君翔隨口問道。

「童夢唯呀！她送花給戴碧。」艾茉莉回答。

姚君翔臉色一怔，突然嚴肅起來。「童夢唯送花來？什麼時候？」

「你來不久前……」

姚君翔轉向戴碧，一反平常之鬆散，一臉正經的問道：

「童夢唯為什麼送妳花？花在哪裡？」

「在那裡。」戴碧指著角落，不曉得他幹嘛反應那麼大。

姚君翔衝了過去，一臉嫌惡的將花拿了起來，表情十分不悅，左右張望。戴碧忍不住問道：

「你要幹什麼？」

「垃圾桶在哪？」

這下三個人可傻了，那束花擺在那裡礙到他了嗎？

「姚君翔，花又沒惹到你，而且是童夢唯送的，又不是男生，你那麼緊張幹什麼？」深諳他心理的黎貝嘉連忙說道。

「就是她才更緊張……」

「什麼？」

「沒、沒事。」發現話說得太快，姚君翔連忙收口，不過他的古怪行為已引起眾人的注意。

「那你幹嘛要丟花？」黎貝嘉替戴碧搶救下來。

「那個花不能收！」姚君翔哇哇大叫起來。

「為什麼？」

第七章

眾人丟了一堆問題，姚君翔的嘴巴卻像裝了拉鍊，閉了起來。而對他闖到她的工作領域已有不悅的戴碧，這時對他蠻橫處理花的態度更顯惱火。

「訪客時間到了。」她冷冷道。

「那個花……」

「花怎麼樣我自己會處理。」

「妳怎麼可以收別人的花？」姚君翔叫了起來。

「為什麼不能收？」戴碧反感的道。

「因為……」

「對啊！而且對方是女生，收了有什麼關係？」黎貝嘉好笑的看著他。「要不然就自己送花啊！茉莉家在賣花，她可以幫你打折喔！」

「不是這樣子……算了！」姚君翔氣結的道，就往外面跑。

見他離開，三人更覺莫名其妙，沒事為了一束花搞得烏煙瘴氣做什麼？而且見他的樣子還很認真，真搞不懂男人在想什麼？

※　　※　　※

「童夢唯，妳給我起床！」

「誰呀！」慵懶嫵媚的聲音從門內傳了出來，童夢唯從門上的貓眼看清來人之後，將門打開，然後又往裡頭走去，嘴裡還不悅的唸著：「一大早就吵人，到底有什麼事？」

「都下午兩點了。」姚君翔走了進去。

「昨天拍戲到半夜，你又不是不知道，我當然要補眠了。」她打了個呵欠，伸伸懶腰，現在對她來說，才是一天的開始。

「妳為什麼送花給戴碧？」他怒斥，一臉難看。

「為什麼不行？」童夢唯在沙發上坐了下來，動動脖子。

他瞪著她，心不甘情不願的道：

「我在追她。」

「什麼？你在追她？」這下童夢唯可完全清醒了。「我也在追她……」

「上次那個李瑩就算了，為什麼妳這次又要跟我搶？」姚君翔氣極敗壞的道，童夢唯的屢屢介入令他抓狂。

「我根本沒聽過你要追戴碧？」

「我要追她幹嘛要跟妳講？」好讓她來搶嗎？

「我怎麼知道這次我們又喜歡上同一個女孩呢？」童夢唯不服氣的道。

姚君翔滿臉怒容，在童夢唯的對面坐了下來，他靠著椅背，雙手環胸，為童夢唯老是破壞他的感情相當惱火。

「不許再對她動腦筋了。」他鄭重聲明。

「為什麼？」

「她不是妳那一圈的。」

「現在不是，將來或許是。」童夢唯不放棄。

「妳並不確定。」

「你也不確定她喜不喜歡你。」要不然他不會表現得這麼沒信心。童夢唯擊到他的死穴，姚君翔一臉灰白。

「對……我是不確定她喜不喜歡我，可是……我喜歡她呀！至少為了她，我會努力。」

「我也是。」

「不行！妳不能動她，她是我的！」姚君翔跳了起來。

「怪了，上次李瑩你都沒這麼激動，這次為什麼這麼認真？」童夢唯發現他這次不一樣。

「不要把李瑩跟戴碧相提並論，她們兩個差距很大好不好。上次算我瞎了狗眼，可是這次不同，我對戴碧有很強烈的感覺，我喜歡她，我不允許有人跟我搶！」姚君翔鏗鏘有力的道。他神色認真，看不出一絲玩笑，他，是真用心了。

「還沒得標前，人人都有機會。」童夢唯不服氣的道。

「我不會讓人有機可趁的。」

※　　※　　※

上次李瑩先行接近他，博取他的同情，騙走金錢後，又發現童夢唯是同性戀，也假意接近她，結果只是為了鈔票。那次的經歷是個屈辱，但他已經不想再提起，因為他已有了目標。

只是他怎麼也想不到，他視為自家兄弟……或姐妹的童夢唯，竟然跟他同時喜歡上戴碧？

這真是天大的笑話！為什麼兩個好朋友都喜歡上同一個人？

他知道童夢唯是同性戀已經很久了，對她的性向，他從來沒有意見，人人都有自己的選擇，只是，牽扯到戴碧就不一樣了。

他可以不在乎李瑩，但可沒辦法讓出戴碧。沒辦法，他也曾問過自己，為什麼會喜歡上一個沒有女人味的女人？答案是……

他想看她的笑容。

是的，只要看到她的笑容，一切就已足夠，

想在她那張嚴肅的臉上加上開心的笑容，然後好好維護著。這心願相當強烈，所以總是三不五時就逗弄她。雖然目前成效不彰，常常惹得她生氣，不過跟她之前冷著一張臉比起來，已經改善很多了。

什麼時候會達成目的呢？

開車回到戴碧的家，他得早點回到她身邊，免得被人趁虛而入。

車子還沒開到門口，遠遠的，他見到戴碧正在跟一個女人講話，而且……看起來極為親暱？

他大吃一驚，眨眨眼，沒錯，是戴碧，她正和一個高挑的長髮女子勾著手，而且不忌諱的站在大馬路上，難道……她也有那種傾向？

心情一下子沉到又黑又冷的水底，怎麼辦？怎麼辦？

將車子在她們面前停下，姚君翔連火都來不及熄，跳下了車，跑到戴碧的面前，試圖分開她和那女人過分親暱的手。

「戴碧，妳……」

和戴碧說話的女人轉過頭來，呃……或許「她」不是女人，除了一頭從後面看起來及腰的長髮，「她」的胸部平坦，穿著一件緊身的T恤，還有明顯的喉結，「她」……

「妳？你不是姚君翔嗎？」「她」開口了，聲音也粗嘎起來。

「是，你是哪位？」他已經被童夢唯嚇到草木皆兵了。

「他是我弟。」戴碧開口了。

「妳弟？」姚君翔下意識的語調高了起來。長這麼漂亮，頭髮又這麼長，當女人都不為過。

「是的。」戴柏宏開口了。

「你們家的人……很特別。」

「那是我們的自由。」戴碧不想解釋什麼。

「不過還好。」他鬆了口氣。

「什麼？」

「不，沒有什麼。怎麼站在這裡不進去？」他見到戴柏宏腳邊還有行李，熱情的幫他拿起來，還推著他們兩個進去。彷彿他才是這個家的真正主人。

戴柏宏奇異的看了戴碧一眼，戴碧刻意繞過他的疑問，戴柏宏剎那間瞭然於胸。

「你的車子？」戴柏宏提醒他還沒熄火。

「喔？謝謝。」姚君翔連忙將引擎關了起來，又雀躍的同他們進去。

既然是小舅子，總得好好招待囉！姚君翔幫他把行李拿到客廳，接著便進到廚房忙碌，幾分鐘之後端著水果和果汁出來。

「請用。」

「謝謝。」戴柏宏不客氣的拿了起來，大喝一口，眼神為之一亮，「這是什麼果汁？這麼好喝！」

「那是我的招牌拿手特調果汁，戴碧很喜歡喔！」他得意的炫耀。

「喔？」戴柏宏看著戴碧，姐姐不理他。

「再來一杯。」

「沒問題。」

「你是我姐的朋友？」趁著姚君翔倒果汁的時候，戴柏宏問道。

「對。」

「男朋友？」

「噗！」

一旁的戴碧不小心噴出一口果汁，這在向來冷靜自制的戴碧身上是相當稀奇的事，戴柏宏愕然的看著她。

「沒、沒事。」戴碧站了起來，走到廁所。

「這陣子是你在照顧我姐嗎？」

「是的。」

「原來如此。」他將果汁喝個過癮才道：「我本來還在想，她腳受傷，一個人在臺灣怎麼辦？才偷偷回來看她，還好有人照顧她。」

「偷偷？」這詞用得有趣。

「對啊！我爸又不在，我媽不放心我一個人在英國讀書，也跟著過去。我是趁她飛去美國看我姑姑時偷溜回來的。」戴柏宏解釋著。「不過現在看起來，是不用擔心了。」

第七章

「你大可放心。」

「既然如此，那我走了。」戴柏宏又站了起來，剛從廁所聽到這話的戴碧，緊張的叫了起來：

「David，你這麼快走做什麼？」David是戴柏宏的英文名字，他們向來叫英文名字叫習慣了。

「妳不是有妳男朋友照顧嗎？」戴柏宏回過頭來看她。

「他不是我男朋友！」

「不是妳男朋友，妳怎麼會讓他住在家裡？」不僅對廚房熟門熟路，連戴碧的口味都摸得一清二楚，而且家裡一看就知道多了些不該有的東西，這都證明，有人住進來了。

「那是……那是……」她突然大舌頭起來。

「放心，我不會跟媽講的。等妳想講的時候，妳再自己跟她講吧！」

「那你……不多住幾天？」戴碧難掩失望。

「有空我再回來。」戴柏宏踏出了家門，連屁股都還沒坐熱。

「這麼快？不吃個飯再走？」姚君翔見戴碧表情不對，也替她挽留。

「不了，我下次再回來。」

比起戴碧，這個戴柏宏更重自由。戴碧向來認為自己很灑脫、率性，沒想到弟弟才剛回來又要走，她一時難以接受。不過因為知道個性，所以她不想說些沉重的話。

「你好好照顧媽。」

「我知道。」

戴柏宏走了以後，姚君翔瞧她一臉落寞，心頭不忍。比起這個表情，他更寧願她冷淡無情的模樣。

「為什麼不留他？」他正色的問道。

「留了也沒用。」

「咦？」

「我們家的人，都不喜歡被管，只要不殺人放火，誰也不去干涉誰。我媽雖然擔心David，跑去英國照顧他，但她也是到處走來走去，並沒有一直留在屋子裡等他。你一定覺得我們很奇怪吧？」

「不，那是你們的自由，不過……妳還是很難過吧？」

戴碧瞪大了眼看他，逞強道：「哪有？」

第七章

「就算熱愛自由，可是那是妳弟，是從小到大一起長大的兄弟姐妹，既然從國外回來了，好歹待個幾天再走，又不是不讓他回去。說他率性，不如說他無情……」

「不許你這樣說我弟！」她抗議起來。

「好，我不說，我不說，我知道，妳也是希望有人陪。」

戴碧不語，他竟然能看透她的心思？而且還要命的說對了。可是她不能甘涉戴柏宏，這是他們很久以前就達成的共識。

姚君翔沒有嘻皮笑臉，他認真的表情使得他散發出一種穩重的感覺，她竟然有種錯覺，他……也可以當大山？

「妳放心，我會一直在妳身邊。」他信誓旦旦的道。

戴碧想駁斥他，喉頭卻梗著，什麼也說不出來。她無法否定他，就像她無法否定自己也需要有人陪伴，而那個人……可以是太陽，也可以是靠山。

第八章

第八章

她變了！真糟糕！

一向酷愛自由的她，竟然也會被綁住，而且對象竟然是三不五時就嘻皮笑臉、輕浮不實的姚君翔？

像今天他出門拍戲，雖然廚房裡有他準備的美味西點，陽臺上也有他洗好的乾淨衣服，可是沒有他，空氣中還是少了什麼成分，呼吸起來都空落落的。

前幾天她工作忙碌，得去錄音，她都沒什麼感覺，今天好不容易空閒了，卻又開始想他？她被他下藥了嗎？要不然症狀怎麼越來越厲害？

腳是已經好了，可以四處趴趴走了，可是自己一個人出去也滿無聊，以前的她並不會這麼覺得呀？

「鈴——」手機鈴聲響起，她接了起來。

「喂？」

「妳在家呀？」是姚君翔。

「欸。」聽到他的聲音，她的精神好一點了。

「沒有出去走一走？」在他細心調養之下，戴碧復原得很快，而即便現在痊癒，他也沒有離開的意思。

「沒。」

「我收工完就回去，不要太想我喔！」

「去！誰會想你？」明明知道他嘴巴輕薄慣了，但被他點破心事，她還是面紅耳赤、口是心非的道。

「可是我想妳耶！」他可憐兮兮的道。

「去工作就不會了。」

「人家是趁空檔時休息，妳都不體貼一下。」他委屈的道。

「工作時還講電話，你瘋了嗎？」

「好，那我回家再跟妳講話，等我回去喔！想妳喔！拜拜！」他掛斷了電話，而他最後那一聲拜拜好溫柔，讓人心頭癢癢的。

該死！她又被他下藥了。

戴碧抓抓心口，想扯去那隱晦的情愫，這時手機鈴聲再度響起，她以為又是姚君翔打回來鬧她，也沒看清楚來電，一接起來就：

「幹嘛！你時間很多是不是，剛掛掉又打？」

對方沉默了三秒，才傳來：

「戴碧，我是夢唯。」

聽到童夢唯的聲音，她有些尷尬。「呃……對不起，我以為是別人。」

「沒關係。妳……有空嗎？」

「有事嗎？」

「我想把轉帳的證據給妳，不僅我的，還有其他人的，我都替妳調查好了。」

「謝謝。」

「那我什麼時候可以拿給妳？」

「現在。」她需要一點事情，來轉移她的注意力。

「現在就可以嗎？」童夢唯有些興奮。

「嗯。」

※　　※　　※

戴碧比約定的時間提早到，而當她見到童夢唯從外頭進入這家咖啡廳時，發覺她不論何時都很美，不僅很會打扮自己，身材也相當突出，姚君翔會喜歡這種女孩子嗎？

呀呀！她又在胡思亂想什麼了？

打起精神，她向走過來的童夢唯點點頭，算是招呼。

「對不起，我遲到了嗎？」童夢唯柔聲道。

「沒有，是我早到了。」

「還好，我還以為我遲到了，妳會生氣。」

「生氣？」她有那麼可怕嗎？

「不，沒什麼。」童夢唯坐了下來，快樂得像隻小鳥，臉上有掩飾不住的興奮神采，再插上兩根翅膀就可以飛起來了。

也難怪，要和戴碧見面了嘛！

她從皮包拿出一個牛皮紙袋，交給戴碧。「這是我幫妳搜集到的資料，希望對妳有幫助。」

「謝謝。」戴碧接了過來，她也不用親自調查，直接交給公司就可以了。

「很抱歉，妳住院的時候，我都沒有去看妳，我沒想到妳會這麼快出院。」令人扼腕。

「沒關係。」

「那現在好多了嗎？」

「謝謝妳的關心，沒事了。」

「我送給妳的花，喜歡嗎？」

「喜歡，謝謝。」

「妳喜歡就好。」童夢唯臉上浮出淡淡紅暈。

「那我先走了。」戴碧覺得她怪怪的，像活在自己的世界裡冥想，精神不是很集中，而手中這個牛皮紙袋也要交給公司，就準備離開了。

「啊？」童夢唯有些驚慌。「妳要走了？等一下。」

「還有什麼事嗎？」

「我們才剛碰面，妳就要走了，不會太快了嗎？」她微嗔。

「妳想做什麼？」她跟她有熟到這種地步嗎？

「那……好歹陪我喝杯咖啡，記得嗎？我還欠妳的。」她甚至站了起來，拉著她的手挽留。

都那麼久的事情了，而且這樣拉拉扯扯的也不看。戴碧只好再次坐下來，看她還想再做什麼。

童夢唯點了杯飲料，在等待飲料上來的過程，她開口閒聊：

「妳還在騎摩托車嗎？」

「對啊！」

「可是妳不是摔過，還在騎？很危險耶！」

「上次是意外。」她不想說太多內情。

「騎車很危險，再出事就不好了。妳要不要改搭別的交通工具，像公車或計程車？」她憂心的道。

「再說。」

「妳要是再出事的話，我會心疼的……」

嗯？她在說什麼？戴碧沒來得及思索，一個容貌娟秀、看起來很年輕的女孩子紅著眼眶走了過來。

「夢唯……」女孩子叫了起來，聲音明顯哭過。

「小燕，妳怎麼來了？」童夢唯臉色一變，站了起來。

「妳……妳好久沒有打電話給我，找妳，妳又說有事，剛剛我打電話給妳，妳說在忙，原來……原來妳跟她在一起？」叫小燕的女孩子指著戴碧，戴碧覺得她怎麼有種第三者的感覺？

第八章

「沒有，妳不要胡說！」童夢唯輕斥，神色閃瞬。

「那妳為什麼不理我？」

「我找她是真的有事，不信……不信妳問她。」唯恐花心被揭穿，童夢唯指著戴碧。

小燕用憤恨的眼神瞪著戴碧，為免受到波及，戴碧揚起手中的紙袋，淡淡道：「她找我是真的有事。」

小燕轉過頭，去力求保證。「所以，妳不是不理我，是不是？」

「對、對啦！」童夢唯不耐煩的道，好臉色都變了。

「那妳以後不可以不理我，不管到哪裡，都要告訴我，打電話給妳，妳也不可以不接喔！」

「知道了。」口裡雖然應著，卻有明顯不耐。

戴碧冷眼看著她們，知道跟答應是兩回事，這小燕聽不出來嗎？瞧她馬上就高興得跟什麼似的。而她們的關係似乎頗為奇特，戴碧說不上來，耐人尋味。

聽到童夢唯這麼說，小燕開心的摟住她的手，還回頭瞪著戴碧，一臉得意，戴碧不知道她這麼驕傲做什麼？

「夢唯是我的！」她宣示主權。

難道……

「小燕！」童夢唯極為狼狽，怒斥一聲。她好不容易剛跟戴碧建立好友誼，還沒跨出界線，就被她搞破壞。童夢唯臉色難看，這完全破壞她的美麗。

「我是說真的嘛！妳本來就是我的，跟妳在一起那麼久，不管妳身邊有幾個女朋友，我都不在乎，因為最後妳還是會回到我身邊。可是這次妳好幾個月都不理我，人家會怕嘛！」小燕毫無顧忌在公共場合曝光她們的戀情，實在不是明智之舉。

「要不要換個地方談？」戴碧好心的建議。

「心虛了是不是？妳們真的有什麼對不對？剛剛還說沒有，妳太可惡了！」小燕疑心病重的叫了起來。

「小燕，夠了！」童夢唯見苗頭不對，拉著小燕就要走，哪知小燕不但不服氣，反而指著戴碧的鼻子，在大庭廣眾之下大罵：

「狐狸精！」

※　　※　　※

狐狸精？

從小到大，因為個性及服裝關係，很多人常說她男人婆、沒女人味等評語，竟然能被罵狐狸精？她可得好好感謝那個叫小燕的女孩子。

有人當她狐狸精，有人可不，一早到錄音室，還沒開始進去錄音時，就見黎貝嘉和艾茉莉兩個拿著八卦雜誌躲在一旁，竊竊私語。

「原來就是這樣……」

「難怪都不交男朋友，原來喜歡的是……」

「對啊對啊！」

「妳們可以再大聲一點，這樣就不怕蟑螂聽不到了。」戴碧連頭都沒有轉過去，背對著她們看著手上的報紙。

黎貝嘉和艾茉莉互覷一眼，才怯怯的走到戴碧身邊。

「戴碧，妳真的是……」黎貝嘉眨著雙眼，曖昧的不把話吐完。

「同性戀嗎？」艾茉莉把話接了下來。

「對，我是同性戀，我喜歡女人，我加入RED的原因，就是要釣上妳們這兩個如花似玉的大美女，有妳們在身邊，是我最大的幸福。」說著，還將她們兩個摟了過來，一人一邊，作勢要在她們臉頰吻一口，嚇得兩人落荒而逃。

「不！不要！」

「我是張仲倫的，不是妳的。」黎貝嘉大言不慚。

「張仲倫的？」戴碧冷笑道：「妳倒追都還沒追上人家，還說是他的？不如先跟我來吧！」她一臉賊笑，怪恐怖的。除了RED之外，平常人是看不到她這瘋狂的舉動的。

「我不要！」黎貝嘉抓住衣領，節節後退。

「那茉莉也是可以的。」

「我不要！我是庭威的！」艾茉莉跑著喊了起來，現場一片混亂。

「不要！」

「哇！救命呀！」

※　　※　　※

不僅在職場上受到質疑，下班後也受到砲轟。錄音完回到家，一串如鞭砲的聲音馬上響了起來——

「這是怎麼回事?妳怎麼會跟童夢唯在一起?我不是說過沒事不要跟她有牽扯嗎?妳為什麼不聽……」

戴碧盯著姚君翔，讓他把話說完，只見姚君翔的嘴巴一直動一直動，肢體語言也相當豐富，待他停了下來，喘口氣，戴碧才冷言道：

「要喝開水嗎?」她從袋子拿出未喝完的礦泉水。

「喔!要，謝謝。」姚君翔拿起保特瓶，咕嚕咕嚕灌了下去。

戴碧越過他，準備進去休息，姚君翔卻拉住了她。

「還有事嗎?」

「還好。」他將水還給她。

「嗯。」她接了過來。

「等等。」重點不是這個。「妳還沒有回答我的問題。」

「哪個問題?」他問很多耶!

「就……那個……」他整理一下，才問重點。「妳怎麼會跟童夢唯在一起?」他把她跟童夢唯在咖啡店被小燕鬧場的八卦雜誌拿出來。

「她找我有事。」她耐心解釋。

「什麼事?」

「一些事情就是了。」調查李瑩的事要保密。

「我不是說不要跟她走在一起嗎?」他抓抓頭髮,又氣又惱,如果她聽他的話,就不會遇上這種是非了。

戴碧猛的一驚,「你早就知道……」

「對,沒錯,我早就知道她是同性戀,跟我在一起的傳聞,也是為了掩飾她的性向。可是我怎麼也沒想到她會向妳下手!怎麼樣?她有沒有對妳怎麼樣?」他將她的身體扳過來又扳過去檢查。看來姚君翔對於童夢唯有沒有對她毛手毛腳,比對新聞曝光來得重視。

「沒有啦!」她甩開他的手。

「沒有嗎?」

「沒有!」

「真的沒有嗎?」

「你很希望嗎?」好像她沒被怎麼樣,他很失望一樣。

「不!」他猛搖頭。「我只是擔心……妳會不會被她騙去……」

「我沒那個嗜好。」她坐了下來，捶了捶有些疲累的左腿。

姚君翔鬆了口氣，挨到她身旁坐著，也換了一副討好的嘴臉。剛才驚恐的表情全都不見，只剩下招牌笑容。

「我知道，我只是不放心嘛！」他幫她按摩。

「有什麼好不放心？」她沒有反對。

「我怕夢唯會一直騷擾妳呀！她很容易愛上人，見一個愛一個，我怕妳會受傷害。」他認真的道，反被吐槽：

「你好像沒資格說人家喔！」他的情史也很豐富。

「那是在遇到妳之前。」

「遇到我又有什麼改變？」

「難道這些日子以來，我對妳的付出還不夠嗎？」他捧著心，眉頭糾結，雙唇微顫，誇張的痛苦道：「妳好殘忍，怎麼可以抹滅我的真心？」

「我可沒要求你。」

「這都是為了妳，我喜歡妳，已經表達很清楚了。」他藉機挑明，戴碧沉默不語。

她明白他所說的，但是他似認真、似玩笑的語氣讓她不安，誰知道在他底下，到底藏著幾分真心？

心，只有一顆，可沒辦法分成幾分之幾。

「戴碧，我說真的，我是真的愛妳。」為了表示所言不假，他按摩得更加賣力了。

「怎麼證明？」她有點心軟，想試試看。

「怎麼證明？」他苦著一張臉。「我……我沒辦法摘天上的星星給妳。」

「我也不要。」

「我……我也無法撈水中的月亮給妳。」

「那個我也不要。」

「那……」她到底要什麼？姚君翔苦惱了。女孩子最喜歡的招數他做不到，而且她也不要，那到底……她到底要什麼？

姚君翔皺著一張臉，雙手還不停在她腿上按摩，戴碧靜靜的看著他，然後他突然轉過頭來，嘻嘻一笑：

「那，我的人給妳。」

「我……」

容不得她說不要，姚君翔嘴就親了上去。他們本來就坐得近，距離如此親暱，所以當他的唇落下來時，彷彿也極為自然。

喔！該死！

戴碧在心裡小小的暗罵了一句，但接下來的甜蜜很快覆蓋她的驚訝，藉著舌瓣的魔力，他輕緩地將情意傳送過去，而這滋味如此美妙，她的心也狂亂了起來，戴碧睜大了雙眼，見他吻得認真，也不自覺閉上眼陶醉……

半晌，他離開她，她才張開眼睛，發覺他一直望著她。

「看……看什麼？」她有些結巴。

「妳好美。」

經過剛才的吻，她的臉頰泛紅，隱隱透出晶光，經他這麼一說，更像是煮熟的明蝦，誘得人好想吃下肚……戴碧心一慌，推開了他。

「討厭！」

碰！

她跑進房間，關上了房門。

她她她……她剛說討厭耶！姚君翔看著她的房門，一點心碎的感覺也沒有，她那樣子反而像在撒嬌，且就他認知的她的個性來看，即使賞他一巴掌，也是理所當然的，可是……她只有說討厭耶！

難道……她已經接受了他？

姚君翔站在原地，仰天狂笑，不過沒有笑出聲，他怕戴碧會惱羞而衝出來打，但但但……他實在太開心囉！

※　※　※

經過這次事件，戴碧的人氣不降反升，很多同性戀族群都將她列入其中，也未經求證就視她為她們的成員，粉絲寄來的鮮花、禮物幾乎塞爆了公司。

「哇！戴碧，又是妳的耶！最近妳的行情很好嘛！」黎貝嘉揶揄道，戴碧並不理她，繼續處理粉絲們的來信。

艾茉莉拿著寄給戴碧的禮物，問道：「妳不打開來看嗎？」

「沒空。」光信就處理不完了。

而這些信也令她頭痛，平常一些粉絲寄來的愛慕之語也就算了，但最近還加上大膽露骨的淫語，彷彿要將她扒光衣服帶上床似的，看不下去。

他們這些當明星的，就得面對不同粉絲。

「對了，聽說李瑩很可能會被起訴耶！」黎貝嘉爆出驚人之語，艾茉莉豎起了耳朵。

「真的嗎？」她驚叫。

「嗯，聽說已搜集到不少證據，準備送交司法程序了。」

「真的要交給警察呀？這樣會不會被關？」

「如果犯罪行為屬實，任何處罰都是理所當然。」戴碧冷冷道。

「也是啦！」生性溫和的艾茉莉還是同情李瑩。

即使她們已經挑出時間，親手拆閱每封信件和禮物，但數量之多，還是沒辦法在短時間內處理完。

「好餓喔！我想吃東西了，你們呢？」黎貝嘉問道。

「我也餓了。」艾茉莉放下手中的信件。

「嗯。」

「我們先去吃點東西吧？」黎貝嘉提議著。

三個人決定暫時擱下東西，先去吃點食物，就在她們要走出公司大門時，戴碧眼尖看到門口有一輛眼熟的銀白色車子，她心頭一驚，莫非是……

「哈囉！三位美麗動人的小姐。」姚君翔的頭從裡面探了出來。
「你怎麼會在這裡？」戴碧瞪大了眼睛。
「妳待會不是要去電視臺嗎？我是特地來接妳的。」
「奇怪了，妳怎麼都知道我們最近的行程？」艾茉莉也覺得奇怪了。
「我們是心有靈犀呀！」姚君翔看著戴碧，戲謔道，只招來她一記白眼。
這傢伙，就不要把他住在她家裡的事情說出去。戴碧以眼神警告他，姚君翔收到她的威脅，臉上笑意不減，反而更擴大了。
黎貝嘉是明眼人，她挽著艾茉莉的手，向他們兩人招呼道：
「我們先去吃東西了，拜拜！」
「貝嘉！」黎貝嘉做得太明顯，戴碧都不好意思了。
「下午記得到電視臺就是了。」黎貝嘉在遠處喊道揶揄著。
望著離去的兩人，戴碧不免責怪的看著姚君翔。都是他，讓她在她們面前難堪，而姚君翔一臉不在乎，打開車門讓她進去。
坐定位置後，戴碧忍不住道：「你來這裡做什麼？」
「下午載妳去電視臺呀！」她的行蹤他都知道。

「我可以坐別的車。」

「別的車不安全，萬一出事，我會擔心的。」

「你開車就很安全了嗎？」她忍不住反譏，習慣了。

「至少我比較放心。」

戴碧不屑的轉過頭，典型的大男人主義，不過……她也很沒骨氣，甘願坐了進來，這是不是意味著，她已經變了呢？

「那個艾茉莉有男朋友了嘛！」姚君翔突然問道，這個消息已經公開了。

「嗯。」

「那黎貝嘉呢？」

見他問得奇怪，戴碧忍不住看了他一眼，發現他表情嚴肅，不由得疑惑起來。

「我想知道……那個黎貝嘉……該不會對妳有意思吧？」

「你問這個幹什麼？」

砰！

戴碧朝他的頭顱打下去，忍不住叫了起來：

「你無聊，你以為每個人喜歡的都是我呀！」他錯把黎貝嘉當同性戀了，她不生氣才怪，難怪他最近都跟得很緊。

「我總得小心一點嘛！萬一妳被追走，我怎麼辦？」姚君翔委屈的道。

「你想太多了。」

「小心駛得萬年船嘛！男人喜歡妳，女人也喜歡妳，我不把妳顧緊一點怎麼辦？」好可怕，他的敵人太多了。

「我喜歡的不是女人。」她只得表態。

「那妳喜歡誰？」他故意把身體靠了過去，她喜歡的不是女人，那就是男人囉！現場只有他一個男人，他很希望從她口中聽到想聽的話。

「我喜歡……」戴碧見他身體靠了過來，心頭不由得一震……

「嗯？」他在等待。

「我喜歡……」

「誰？」他睜大眼睛。

她公布答案。

「我自己啦！」

第九章

第九章

第九章

無論是他或她，其實都是很受異性或同性青睞的。戴碧坐在電視前面，看著目前正上檔的《紅豆情人》，不發一語。

姚君翔對自己所主演的連續劇，並沒有很在意，此刻他正在廚房削著水果，還愉悅的拼盤。

「吃水果囉！」他像店小二似的，將托盤捧在空中吆喝著。

戴碧沒有回應，姚君翔也不以為意，他將托盤放在她面前，像太監在侍候貴妃似的，身體還彎了下來，討好的道：

「戴碧，吃水果囉！」

戴碧還是沒回應，一張臉繃得像牛皮似的。

奇怪，好歹她平常會嗯，或是喔一聲，表示她明白了、知道了，可是今天怎麼他喊了兩聲，她都毫無反應，有問題！

「怎麼了？」他又問道。

戴碧仍是不語，眼睛仍盯著螢幕瞧，姚君翔回頭看著電視，這時段她轉的是他主演的《紅豆情人》，是演到哪裡？可以讓她聚精會神，連個答腔都沒空——

嚇！今天播出的，不正是他和女主角童夢唯誤會冰釋、吐露愛意的橋段，有什麼問題嗎？

但見戴碧表情越來越緊繃，越來越冷然，而這時候電視裡的男女主角情深意動，乾柴勾動烈火，一時不可控制的吻了起來——

雖然只有唇瓣，但已使得戴碧臉色垮了下來。

「那個……工作嘛！」他搔搔頭，緊張的看著她。

戴碧未道半語，她站了起來，朝自己的房間走去，然後——砰！房門關了起來。

姚君翔衝了上去，猛敲著門。

「戴碧，妳不吃水果嗎？今天的蘋果很好吃耶！戴碧——」

裡頭毫無反應，嗚……怎麼這樣啊？都說了是工作不是嗎？

不過……既然她會生氣的話，表示……她吃醋了？

這個念頭一現，姚君翔又快樂了起來，他拍打著門扉哀求著：

「戴碧，妳出來，聽我說嘛！那只是演戲而已，如果妳不喜歡的話，下次我會跟導演講的，出來嘛！」

房裡的音樂開得震天響，RAP的節奏傳了出來，她擺明了不理他。

啊！沒想到戴碧是這麼愛吃醋的女人，看來他以後得小心點，不要讓她看到關於這類的吻戲。

不過他還是很開心，因為……他相信她是在乎她的。

只是現在她不理他，他也苦惱。

奇怪了，他現在是既快樂又擔心、既高興又苦惱，他怎麼這麼奇怪啊？如果能讓她不再動怒，親耳聽她說愛他，那他是死了也甘願。

「戴碧，妳快出來嘛！」

※　　※　　※

離開家裡的戴碧，一早就到S臺報到，雖然他們錄影的時間是十點，但她實在不想待在家裡，於是趁著姚君翔還在睡覺的時候，先溜了出來。

心中還有氣，沒錯，而且氣得離譜。

明明知道那是他的工作，也曉得童夢唯是拉拉，但見他們親熱的鏡頭那麼多，她就無法允許。

從來沒想過自己的對象會是演藝圈的人，誘惑比外界多，然而自己卻偏偏很沒骨氣，一再被他征服。不僅入駐了她的心，還綁走她的胃。

現在她覺得外面的便當難吃死了，每天回去至少要品嘗品嘗他的手藝，才會有滿足感，這這這……她已經被他俘虜了嗎？

雖然口頭上不願承認，不過心裡是明白的。

到了S臺，現在進棚也沒人，戴碧索性到附設的咖啡廳去坐坐。還好咖啡廳配合電視臺的員工，早上八點開始營業，晚上十二點才打烊，這也給了她一個方便。

原本以為大概沒什麼人，結果腳一進去，發現裡頭三三兩兩坐著幾個人，似乎是通宵達旦的藝人或員工，正在喝咖啡提神。

她走了進去，點了杯飲料坐了下來，而送上咖啡的人，竟然是前幾日指著她鼻子罵狐狸精的小燕？

「這杯咖啡……我請妳。」小燕態度軟化，和前日完全不同。

「嗯？」戴碧挑起了眉。最近真不錯，連續幾次都有人搶著請她喝咖啡。

難怪她對小燕有點印象，原來小燕是這裡的員工，她和黎貝嘉、艾茉莉來過好幾次，卻沒有注意到這一點。

小燕坐了下來，有些扭捏，半晌才道：

「對……對不起啦！」

「為什麼？」

「我以為……妳要跟我搶夢唯，所以那一天才……結果害妳們都上新聞，因為這個緣故，夢唯好幾天都不跟我講話，對不起啦！妳可不可以去幫我跟她說情，請她不要再生我的氣了。」

原來是有所求？戴碧淡淡道：「妳應該自己去跟她談吧？」

「可是……她都不理我……」

「我又有什麼用？」

「至少她會聽妳的。」

「妳太抬舉了。」

「對不起，真的對不起，我知道妳一定很介意上次我讓妳們鬧上報紙，可是……我不是故意的，我跟夢唯在這裡認識——」她環顧四周，「也在一起很久了，我知道她的工作讓她接觸了不少人，她也一直跟別的人在一起，可是到最後，她都會回到我身邊，不過這一次……」她泫然欲泣，態度卑下。「她都不理我……」

「我對她沒興趣。」她也不想捲入兩個女人的戰爭。

「我知道，聽說妳跟姚君翔有關係，我才明白妳並不是我們圈裡的人。」

「我跟姚君翔有什麼關係？」戴碧心頭跳了一下，又有什麼她不知道的八卦登上版面了嗎？

「妳跟他不是夜遊，還被刊到雜誌上嗎？」戴碧吁了口氣，原來是這八百年前的新聞，她還以為他住在她家的事情被記者發現了。

不過她剛才的話令小燕起疑，她臉色驚恐，吞吞吐吐：

「還是……妳兩個都喜歡？」

「嗯？」她有點不懂。

「她是……妳喜歡男生，也喜歡女生。」她還是不放心。

「喂！」戴碧露出難得的怒意，語調快速起來：

「我喜歡什麼人，不用向妳報備；妳們的事，我也不想了解。妳有問題的話，應該去找本人，而不是來找我。」她喜歡簡單，麻煩卻愛找上門。

「妳……妳……」小燕沒想到她回絕得這麼乾脆，惱羞成怒之餘口不擇言：

「妳……果然還是喜歡夢唯的！」

怎麼會有這麼白目的人？她已經說得很清楚了不是嗎？不過仍有人自以為是，看來這杯咖啡是喝不下去了。

「我已經說過，我對她沒興趣。」她就當小燕是特殊教育班的，再重複一次。

「可是她喜歡妳……」

「所以癥結在她，不是嗎？」她的耐性到此，站了起來，走了出去。小燕聽得清楚，又滿臉迷糊。

哎！不管同性還是異性，愛情都令人變笨，不是嗎？

※　※　※

音樂臺的主持風格這幾年傾向輕鬆活潑，而且前面還有電腦螢幕，告知待會要出現的歌手、歌曲或是進廣告，所以戴碧擔任這個代理主持人，倒也輕鬆愉快。

原來的女主持人生孩子去了，加上坐月子，這兩個月來，製作部就找幾名線上的歌手來代理，穩住陣腳，等女主持人回來之後，就交還給她了。

戴碧代班過兩次，前兩次都還算愉快，不過……

今天怎麼怪怪的？好像每個人都盯著她瞧，她有哪裡失誤嗎？

好不容易挨到結束，她走下主持臺，想搞清楚狀況，卻抓不到元凶，也無法下手。

而已經拍攝結束，她發現攝影機還在運作，她忍不住問道：

「阿孔，你在拍什麼？」

「沒、沒有呀！」阿孔連忙把開關關掉。

「為什麼一直拍我？」

「妳是主持人呀！」

「現在已經收工了吧？」

阿孔沒有回答，他臉上露出似笑非笑的表情，神情相當詭異，她有種想要上前開扁的衝動。

很快的，原因就出現了。

是的，而且大剌剌、毫不遮掩，並且在現場流竄，還和每個他認識或不認識的人打招呼，簡直可以去當公關了。

「你也喜歡×××的歌嗎?對，他們的歌不錯，他們演戲也不錯，每個人都表現得很認真，上次我跟他們去阿里山上拍戲，還發生很多趣事……」姚君翔口若懸河、滔滔不絕，跟現場的一票工作人員聊天，而他們也饒富興味的看著他，不知是因為他的話，還是因為她和他的關係？

難怪剛才整個氣氛都不對勁！

戴碧捉住了他，衝到棚外，原本不想讓其他人有誤解的，這下她的舉動，反倒更引人遐想。

「你來這裡做什麼？」

在角落裡，戴碧低斥著。她全身激動，又驚又怒，唯恐自己又變成八卦緋聞的主角之一。

姚君翔好無辜的道：「我想妳，所以來看妳呀！」

「你沒工作嗎？」

「對呀！」

「你……過來做什麼？」她會被他氣死。

「不是說過想妳了嗎？」

她臉上一紅，嘴裡仍開罵：「你不知道你這樣過來，會有很多麻煩嗎？」

「什麼麻煩？我又不會打擾妳做事。」他理直氣壯。

「你……你這樣直接過來，別人怎麼看？」

「別人會怎麼看我才不管，我不能來嗎？如果我不能來妳就說一聲沒關係，我就不來。可是妳沒有先告知啊！所以我就來了。而且早上妳一早就走，也沒打聲招呼，妳是不是還在生昨天的氣？都告訴妳了，那是工作嘛！妳可不可以不要生氣？……」姚君翔的嘴巴永遠像關不上的閘門，話語滔滔流出，再加上他每說一句，戴碧就心驚膽跳，唯恐被別人發現。

「好了，你別說了。」她無奈的道。

「那妳不生氣了嗎？」他一張臉祈求的問道。

戴碧不語，姚君翔拉住她的手，像小孩子似的，只差沒跳腳了。「不要生氣了，好不好？不要板著一張臉，來，笑一個、笑一個嘛！妳笑起來最可愛了。」

戴碧臉上一紅，身體都熱了起來。「不要亂說。」

「我沒有亂說，妳笑起來真的很可愛，來，笑一個，咕嘰咕嘰……」末了，他還以食指玩弄她的下巴，像在把玩小狗似的，把戴碧搞得又窘又惱，不悅的嚷道：

「不要玩了！」

「那妳不要生氣……」

「好，我知道，可是你現在馬上回去，不要在這裡丟人現眼。」她投降了。

「我會讓妳很丟臉嗎？」姚君翔問道，戴碧不語，他得寸進尺：「那讓我陪妳有什麼關係？」

第九章

「不用！」

「為什麼？人家女朋友不是都希望男朋友能陪她們上工嗎？」

「那是別人。」

「可是做男朋友的，應該要知道女朋友的心，這是義務呀……咦？」驀的，他的眼睛睜得大大的，一副看到鬼似的，戴碧忍不住問道：

「幹嘛？」

「妳沒有反駁……妳接受我了是不是？妳愛我對不對？」姚君翔的眼睛亮了起來，剛剛那句女朋友，照理說，一定會遭到她的抗議，可是……沒有耶！她沒有指著他的鼻子，罵他亂說話呀！

戴碧抿嘴不語，臉部肌肉快抽搐了，偏偏姚君翔還死纏著：

「妳喜歡我了，妳愛上我了對不對？沒關係，妳就說嘛！妳說嘛……」

吸氣、吐氣、吸氣、吐氣……直到忍無可忍，一股氣由丹田衝了出來，洶湧有如萬濤千浪，只聽得嘹亮的聲音喊出：

「閉嘴！」

糟糕！一喊出之後，戴碧就開始懊惱了，因為她的聲音響亮，已引來不少人側目。要命！碰上姚君翔這短命的，她會少活好幾年。

玩太過火了嗎？姚君翔愣愣的看著她，他是很喜歡逗她啦！老是冷冰冰的一張臉實在很沒意思。不過看到這麼失態倒是頭一遭，回去不知會不會因為這件事，她又不理他好幾天？

戴碧調勻氣息，做好吐吶，才道：

「你給我回去！」

「戴碧……」他怯怯的拉起她的小手，無辜的裝可愛，見他還在演，戴碧忍不住重重往他的頭上敲了一記。

※　※　※

就算頭上頂個肉包，就算被下達禁止令——不准再到工作現場去探班，姚君翔還是很快樂，因為他知道不擅曝露情感的戴碧會採取這麼激烈的手段，絕對是對他有心，動了感情，至於有多少？就不得而知了。

不過沒關係，知道她喜歡他已經足夠了，心花綻放得朵朵開，他的心情好極了。愉快得即使是休息時間，他還是在片場流竄，每個人都可以感受到他的喜樂。

「姚君翔。」童夢唯站在他面前。

「什麼事？」他心情好的甚至連情敵站在眼前都不為所動，依舊喜滋滋的。

相較之下，童夢唯就沒那麼好臉色了。

「你最近很愉快嘛！」她有些譏誚的道。

「是呀！」他毫不隱瞞。

「跟戴碧有關係是不是？」

姚君翔沒有回答，拒絕透露更多消息。

以往他不是和她稱兄道弟，就是呼妹喊妹的，感情好到令外人都懷疑是不是一對，再加上童夢唯的性向一直以來引人注目，撲朔迷離，所以有關她的新聞，都不能太認真對待，這也給了她方便。

見姚君翔不予理會，童夢唯不禁動怒。

「姚君翔，我在問你話你聽到了沒有？」說話時還很沒氣質的踩了他一腳，以示抗議，外人面前的形象盡失。

「幹嘛踩我？」姚君翔跳了起來。

「誰叫你不理我？」

「妳別忘了我們是情敵，還敢跟我說話？」姚君翔點清他們的關係。

童夢唯無話可說，咬著下唇，含嗔帶怒，不知情的人還以為是情侶吵架。

「你為什麼要跟我搶她？」

「喂！有沒有搞錯？戴碧又不喜歡女人，妳講這句話就不對了。」姚君翔理直氣壯的道。

「你又知道了？」

「當然知道了，她喜歡的是我。」他自信滿滿。

「叫她出來當面對質。」童夢唯不太服氣。

「妳沒發現她最近都不接妳打的電話了嗎？叫她出來只是自取其辱而已。夢唯，我是看在我們是好朋友的份上才告訴妳，妳喜歡女人，請從妳那個圈子去尋求妳的真愛，不要硬將門外的人拉進去，OK？」

「說不定她不知道自己喜歡的是女人。」她在逞強。

「就算她知道，我也不會讓她有機會。」姚君翔握起拳頭，以示決心。

童夢唯也知道自己沒勝算，只是不肯放棄。戴碧對她來講太迷人，像一道夜裡的勁風，吹得她心頭晃動，好想從她的後頭追上去，然後緊緊的擁住。

不過似乎困難重重，她們畢竟是不同世界的人。

她該放棄嗎？

※　※　※

工作比預期提早結束，姚君翔哼著歌，走到停車場準備開車，他低下頭從口袋取出鑰匙，再抬起頭來時，赫然見到一個令他深痛惡絕的人站在他車前。

「李瑩！」他驚呼，心頭一悚。

李瑩朝他一笑，不過極為虛偽，她的笑容裡沒有真誠，再加上思及她的所作所為，姚君翔的好心情盡數消失，口氣極為不悅：

「妳還敢出現？」

「別那麼生氣嘛！好歹我們有過一夜情。」輕佻的言詞從她塗得紅灩灩的嘴唇吐出，只讓人覺得噁心。

「胡說！」他的臉色青白交加。

「難道你忘了嗎？那一夜，我們是多麼恩愛……」

「住口！」姚君翔打斷她，指著她的鼻子教訓：「妳還好意思提起這件事，沒有羞恥心了嗎？」

「那又不能當飯吃。」李瑩涼涼的道。

「虧妳還是女孩子，一點廉恥都沒有，難道這就是妳要的人生嗎？」

「少跟我講那些大道理，我不是來聽你廢話的。」李瑩沒有耐性，換了副嘴臉。

「我現在缺錢，一百萬。」

「妳還敢跟我要錢？」姚君翔臉色之難看，一向開懷展顏的他，被李瑩刺激到完全變了樣。

「你上次不是二話不說就給了嗎？」

「那次是我沒看清真相，不知道妳的真面目，這一次妳休想從我這邊拿走一毛錢。」上次的事對他來說是個屈辱，一開始就懷著不軌意圖接近他的李瑩，在某次出去玩的時候，趁他酒醉的時候帶他回家，等他醒來時，再哭哭啼啼要他負責，而他也為自己的行為懊惱，負起責任與她交往。

而沒幾天，李瑩便說母親住院急需用錢，他也為她著急，於是給了她二十萬。

這一切在他發現童夢唯也被同樣手法騙過，而且李瑩還假裝是同性戀與她交往後，兩人才恍然大悟，這全都是李瑩的詭計。

他們也不動聲色，等到東窗事發，李瑩被劇組的人趕出去，而「賀登」也準備將她送到法院時，她忽然就不見人影，只是沒想到，她現在還敢在他面前出現。

「不要那麼絕情，要不然……你會很難過。」李瑩威脅著。

「那應該是妳吧？現在警察都在找妳，妳還不去投案，小心罪加一等。」

「不用你費心，只要你給我一百萬，我就會離開。」

姚君翔朝她笑了一笑，笑得如同溫暖的陽光、和煦的春風，然後再陰鷙的吐出：

「不、可、能！」

「真的不給？」

「真的！」他態度堅決。

「好吧！那我只好把我們上過床的事情告訴戴碧了。」李瑩還特意拿起手機，姚君翔驚怒的上前想要奪下。

「妳要做什麼？」

「告訴你的情人，你在床上的表現有多棒呀！」她淫穢的思想及低級的語言，讓姚君翔簡直恨到了極點。

「不准打擾她。」他厲聲斥喝。

「真沒有想到，你們兩個看起來完全不同的人，竟然會在一起？真叫人不敢相信。不過愛情也就是這一回事啦！什麼時候會來，也說不得準。」她聳了聳肩。「好了，我不是來跟你廢話的，一百萬給不給？」

「不給！」他堅持。

「好吧！我看我打電話跟她打聲招呼好了，順便問問她從車上跌下來的滋味如何……」她低頭開始滑找，姚君翔知道她們是同門，她有戴碧的LINE不足為奇，他飛快擋住了她的動作，只是她剛才的話叫他起疑。

「妳剛剛說什麼？」

「煞車線壞掉，她都沒死，真是福大命大。」李瑩冷冷道。

「妳……妳想殺了她？」姚君翔大吃一驚，這女人真是狠毒到了極點。「我要替戴碧報仇！」他大掌一伸，想要掐死她，李瑩自知不是他的對手，連忙後退。

「你不要過來！我要是怎麼樣的話，我朋友就會把你的事告訴媒體。」好像每個逼到絕路的人都會來這一招？

「妳……」

「總之，一百萬，三天內匯到這個戶頭，要不然我就算被抓去關，也不會讓你有日子過。」李瑩丟給他一張紙條後，快步離去。

而被點到死穴的姚君翔，拿著那張紙發呆。

一百萬，賭上這口氣他也不給。只是想到戴碧，他又畏怯了。好不容易打開她的心房，讓她接受他，要是讓她知道他過去的荒唐行為，她會怎麼看他？有沒有可能……拂袖而去？

不、不要！他不容許這種事發生！

只是現在，他該怎麼辦呢？嗚……他不要她看不起他，不要她離開他，可是他到底該怎麼做？

大片的烏雲覆下，籠罩在這個陽光男孩身上。

第十章

第十章

戴碧不曉得男人也可以這麼愛做家事的，難得他們兩個都沒有工作，待在家中，應該可以好好放鬆的，她卻見他東擦西拖、忙上忙下的，一個地拖了三遍還不嫌累，讓人不禁懷疑起來，這到底是誰的家啊？

「姚君翔，你要不要休息一下？」難得她好心倒了杯水給他，他手拿拖把，彎腰一蹲，嘴裡唸著：

「這邊沒有拖到，我再拖一下。」

戴碧把水拿到他眼前。「渴不渴？先喝了這一杯……」

「啊！我在燉牛肉！」他霍的站了起來，三步併作兩步，衝到廚房，掀起鍋蓋舀起湯勺試味道。

「你……」

姚君翔又打開冰箱門，將頭埋在裡面，無論怎麼樣，就是不肯和她面對面，漸漸的，戴碧有了怒氣。

什麼嘛！她可是關心他，怕他太累才要他休息一下喝杯水，沒想到他卻一而再、再而三的閃開，那樣子彷彿在躲著她……嗯？躲著她？

眉峰漸漸聚攏，她不喜歡這種感覺。

「姚君翔！」她啪的一聲，幫他關上了冰箱門。「你要忙到什麼時候？」

「快了！快了！」他低下眼簾，神情慌張，這更讓人起疑。

「你已經打掃很久了。」

「多掃幾遍比較乾淨嘛！」

「菜也煮很多了。」

「這樣比較吃得飽嘛！」

「那你還在忙什麼？」她惱怒的一喊，氣他這幾個小時都沒有看她。平常工作不見人影也就算了，今天在家，他還當她隱形人，完全無動於衷。

「我……我只是想把家裡弄舒服一點嘛！」他囁嚅道。

「已經夠舒服了吧？」他還低著頭，更讓人生氣。

「欸……」他用食指抓抓臉，扯出一個牽強的笑容。

「你有什麼事？」她總覺得他怪怪的。

「沒有啊！」他企圖表現自然，再怎麼說他也是個演員。可是眼神是不會騙人的，再加上他擔心李瑩會突然打電話來，破壞他好不容易得到的愛情。

哎！看來他功力還是不夠。

「嗯？」戴碧挑起眉頭，詢問的語氣冷然。

「真的沒事，妳不用多心。」他努力說服她，只看到她滿臉的不信任。

她面無表情，冷冷的看著他，拿起手中的杯子喝了起來，喝完之後杯子放在水槽裡，走了出去。

反正他愛做家事嘛！那就讓他做個夠吧，她就不要打擾他了。

見她動怒，姚君翔反而擔心起來，追了上去。

「戴碧，真的沒事嘛！」他拉住了她，有點欲蓋彌彰的味道。

「你有沒有事都不關我的事。」她賭氣。

「戴碧，不要這樣嘛！」他像個小孩子似的，拉住了她的衣角，戴碧如同另外一個小孩，用力拉回衣服，走進房間，用力關門。

砰！

「戴碧、戴碧，開門呀！戴碧！」姚君翔雙手高舉，用力搥門，回應他的是分貝更高的聲浪，轟隆隆的音樂跑了出來。

嗚……怎麼這樣？戴碧都不理他……都是那個可惡的李瑩！

原本以為她已經遠離他，沒想到她竟然進入他的生活，蠻橫的威脅他，真是太可惡了，而他竟然還受她控制，想來就生氣。

要不是為了戴碧，他會這麼孬種嗎？

可是他又不是不知道戴碧的個性，如果讓她知道他過去的荒唐，他就算不死也會去了半條命，或者根本不要他……不行！他不能讓這種事發生，他決定要守住他的戴碧！

※　※　※

銀行櫃檯人員忙碌的幫來往的客戶處理金融事宜，每一個櫃檯都有人在等待，拿著號碼的李瑩坐在角落，即使空調已開到二十度，她額上仍微微沁出汗珠。

×的！怎麼這麼慢？

瞧著手中的號碼牌，竟然是六百多號，前面起碼排了二十多名跟她搶位置的人，她要等到什麼時候？

好不容易拐到姚君翔這頭大肥羊，她的唇畔不禁泛出一絲微笑。

本來想說進入演藝圈，是能讓她成名獲利的途徑，豈料在她行騙的過程中，竟然被該死的戴碧發現，還將她的作為呈報公司，害她在圈內混不下去，還有吃上官司之虞。無可奈何之下，她只好想辦法籌錢，然後遠走高飛。

第十章

沒想到姚君翔這傢伙這麼好唬弄，隨便幾句話就逼他掏出一百萬，看來她以後還可以繼續挖這個錢坑。

只是這該死的銀行，速度有夠慢的，要不是ATM轉帳無法領出大筆金錢，她才不想在這裡乖乖排隊。

「六百零三號，請到五號櫃檯。」

銀行的電子語音響起，她站了起來，走到櫃檯，臉上浮出淺淺的笑意，將提款單遞了過去。

「小姐，您要領一百萬？」櫃檯承辦業務的小姐抬起頭來，看著在室內還戴著墨鏡的李瑩。

「對。」

「這金額滿大的，您需要開支票嗎？」

「不用。」現金比較實際。

「請您等一下。」承辦人員不動聲色的站了起來，走到後頭的長官桌旁報備，李瑩見到他們兩個在對話，耐心等候。

漸漸的，她察覺不對勁，承辦人員和她的主管不停往她這邊望來，東窗事發了嗎？

錢沒領到沒關係，先溜要緊。

推推墨鏡，她低下頭，轉身要走，卻和迎面而來的警衛對上，她心虛的想要落跑，衝到門口時，卻和聞訊而來的警察撞個滿懷，直接栽在公權力身上，墨鏡都掉了。

「我不是李瑩，我不是……」她慌亂的喊了起來。

年輕的警察聞言不禁揚起英挺的眉毛，無視李瑩的反抗，將她抓了起來。

※　※　※

隔天報紙僅以小篇幅刊載李瑩被補的事情，畢竟她只是個小角色，連檯面都搬不上。

不過她被補之後，所爆出來的內幕，卻被媒體網羅，還詳加追問，用鉛字印了下來，也上了新聞，一時間，姚君翔成了李瑩事件的最佳男主角。

「姚君翔，聽說你在拍『紅豆情人』期間，有被李瑩糾纏不休？」

「她是不是和你開過房間？」

「她被抓了，你有表達關心嗎？」

從電視臺大門口到停車場，不過幾步之遙，姚君翔卻走了好幾分鐘，這段時間，他陽光般的笑容盡失，回覆媒體的只是牽強的招呼。

上了車子，還有不死心的媒體想要追上來，但怎麼比得過他那臺改裝過的車子，一下子就將那些記者遠遠的甩開。

闖了幾個紅燈，肯定會收到罰單吧？但他已不在乎了。

拿起手機，他打電話給他亦敵亦友的狗頭軍師。

「喂……」才一撥通，童夢唯輕柔的嗓音傳了過來，姚君翔就破口大罵：

「童夢唯，妳到底怎麼辦事的？」

「怎麼發這麼大脾氣？」童夢唯慵懶的道。

「妳不是說李瑩交給妳，妳會好好解決的嗎？怎麼事情都鬧上媒體了？」他惱火極了。

「我沒說不會被刊出來呀！」

「妳……」

姚君翔發火的緊抓手機，如果那是李瑩的脖子的話，早就被她捏斷頸子了。

該死！他中了童夢唯的道，就知道她對戴碧處心積慮。

那日李瑩離開之後，童夢唯出現，逼問她對他講了什麼，他一五一十的告知，並將李瑩的威脅也全盤托出，童夢唯便道她會處理，因為她跟李瑩也有過節。

為了利益，李瑩無所不用其計，假意接近童夢唯，讓她對她產生好感，然後也付出不少——包括金錢和感情。

所以針對這個共同的敵人，姚君翔和童夢唯同仇敵愾。

原以為童夢唯是為了她們之間的過節，表示要接手處理，沒想到她卻讓李瑩在被補之後跟媒體接觸，甚至讓這些話流了出來。

他們不但有共同的敵人，也有共同的情人！

「妳是想趁此破壞我跟戴碧對不對？」他惱怒的大吼。

「如果你要這麼想，我也沒辦法。」她涼涼的道。

「童——夢——唯！」

「不用那麼大聲，我聽到了。我只說會解決李瑩，可沒說不要讓她亂講話，是你誤會了吧？」

「那妳為什麼還叫我不用擔心？」

「是不用擔心，我讓李瑩鋃鐺入獄，你也不用付那一百萬了，不是嗎？」

「妳……」姚君翔氣得掛上了電話，他的臉色已從南國的太陽，變成北國的冷風。

不過他最近擔心的，是看到新聞的戴碧會怎麼想？

握緊方向盤，加速馬力，他得回去跟她談談。

※　※　※

「戴碧！」

姚君翔打開大門，就見到電視鎖定在新聞臺，可見這消息早已傳送到全世界，當然也不會漏了她。

「戴碧，妳在哪？」

從戴柏宏的房間傳出聲響，姚君翔衝了進去，發現她正在整理衣物……是他的？

「戴碧，妳在做什麼？」

「打包。」

「妳幹嘛打包？」

「不是我的，是你的。」她將衣物裝在大垃圾袋，然後朝他丟了過去。

「戴碧，妳不要這樣嘛！妳看到新聞了，對不對？」他連忙解釋：「那都是以前的事了，是我還沒認識妳之前的事，那時我識人不清，眼睛擱到蛤蜊肉，不知道李瑩是那樣子的女人，才會被她騙。」

見她還在收拾，他從她手上拿下衣服，繼續說明：

「那件事……那一天，是我們劇組的人出去喝酒，我多喝了幾杯，印象中，她說要送我回家，等我有意識時，」他開始吞吞吐吐起來，「她……她……我看到她坐在床邊哭，我不是故意的。」

聽他說明始末，戴碧原本高漲的情緒更往上飆，表情也益顯冰寒。

「後來她說她母親住院，急需用錢，我才給了她二十萬，誰知道這一切都是騙局！她根本沒有母親！打從一開始，她接近我的目的，不是為了錢，就是為了名。」姚君翔相當懊惱，這件事對他來說，亦是一項屈辱，而開口釋清，只為了留住佳人。

「我對她……根本沒有什麼感情，會鬧得這麼大，也不是我想要的，戴碧，妳可以……原諒我嗎？」姚君翔誠懇道，臉上已無往日的笑容。

戴碧沒有說話，然而她身上所散發出來的寒氣，足以讓人凍傷。

「戴碧……」

戴碧依然沉默，突如其來的衝擊，讓她完全亂了方寸，於是只能假裝不在乎來防止受傷。

事實上，她激動的想朝他大吼大叫，想搥他一拳、踹他一腳。

可是她沒有，因為她不想洩露自己的情緒。

知道他曾經跟別的女人上床，是多麼不堪的事，縱使他嘴皮子再壞、再嘻皮笑臉，那些疑慮，都只是自己想像。

如今一個李瑩大剌剌的站在她面前，然後透過媒體向全世界宣告，他們兩個曾經發生關係，這……叫她如何冷靜？如何接受？

她是戴碧，是那個瀟脫不羈、沉穩持重的戴碧，不該被這事影響。

可是……內心深處確實湧現難過與受傷，她拒絕承認。

「出去！」再度開口，她卻是此話。

「戴碧！」姚君翔一愣，他最害怕的事情來臨了。

「出去！」這次她不但用嘴巴說，手還指著門口。

「戴碧，不要這樣！」他神色悽慘，殷殷哀求。

戴碧轉過頭去，沒有理他，而他，也無法再繼續待下去了。發生這種事，讓他在她面前抬不起頭來。唯一能讓他留下來的，是他對她的愛。如今羞愧當頭，她又這般堅決，姚君翔突然覺得……好冷……

張口想要叫她，卻喊不出來，那熱情的因子，全都因她的寒漠而熄滅……

※　※　※

「戴碧，等一下換我們上場，先唱主打歌，然後再唱那首〈想愛〉……妳聽到了嗎？」黎貝嘉小心翼翼，企圖裝作什麼都不知道，和她平常心應對。

戴碧點點頭。

「OK，那我去看一下茉莉的妝化好了沒有。」

戴碧還是點點頭。

「我好了啦！」艾茉莉跳了出來，她們等會要上的綜藝節目，一開頭就是讓 RED 三個打歌，而且現場來的又是她們的粉絲，即使早已身經百戰，三個女孩還是難掩緊張，希望每一次的表現都能達到最好。

「我以為妳又拿唇筆當眼影……」

「厚！妳很討厭耶！都八百年前的事了，妳還在講，這件事妳到底要說幾次啊……咦？戴碧，妳怎麼了？」不滿被取笑上百次，艾茉莉正準備向戴碧告狀，卻發現：「妳在哭嗎？」

戴碧一愣，朝身邊的鏡子一看，臉上兩道黑色的眼線液，上面還有水漬，她……她在哭？

黎貝嘉也嚇了一跳，「戴碧！妳……妳怎麼了？」

「她在哭、她在哭啦！」艾茉莉慌了手腳，急得團團轉。

戴碧望著鏡子發呆，腦筋一片空白，什麼時候哭的？她為什麼會哭？這幾天她不是都很正常的上通告、上節目嗎？現在為什麼會哭？沒有什麼好哭的，不是嗎？她並沒發生什麼事，除了他的離開……

淚水仍止不住的滑落，隨著珠淚的落下，她察覺到，沉甸甸的心靈，似乎逐漸減輕……

只是耳邊不斷傳來：

「戴碧，妳怎麼了？不哭、不哭，不要哭了……」是黎貝嘉的聲音，她在她身邊嗎？

「戴碧，不要哭了，面紙給妳一張……再一張……全都給妳好了！」艾茉莉的聲音很遠，她仍感受到她的焦急。

淚落盡，心靈也空了。

※　※　※

戴碧的反常嚇壞了RED其他兩人，接連幾天的工作，都不敢再嘻皮笑臉，唯恐一不注意，又戳到她的傷心事。

事情鬧得那麼大，就算她不說，兩人也知道發生什麼事。只是戴碧的死硬脾氣，常常ㄍㄧㄥ在那裡，害她們想要安慰她，也不知從何下手。

不過有個疑問，艾茉莉實在不懂，她拉著黎貝嘉到角落。

「什麼事？」正在看偶像照片的黎貝嘉被打斷情緒，不是很愉快。

「那個李瑩……她到底喜歡誰呀？」艾茉莉悄聲問。

「她喜歡誰，關我什麼事？」黎貝嘉的音量也低了下來，提到敏感人物，她不由得蹙起眉頭。「妳沒事提她做什麼？」瞄了一下坐在會議室窗口發呆的戴碧，她不悅的瞪著艾茉莉。

「我只是奇怪，李瑩她到底喜歡男生還是女生？如果她喜歡男生，那為什麼又跟同性戀在一起？如果她喜歡女生，為什麼又要跟姚君翔上床？」艾茉莉打開雜誌，一臉迷惑。

八卦雜誌上有李瑩和童夢唯的照片，兩人看起來極為親暱。

「這……誰知道？也許是她的喜好。」黎貝嘉看到戴碧注意力正往這邊來，很快接口：「說不定她跟誰都沒有在一起，目的只是為了錢而已。」

「所以她跟誰都沒有發生關係？」

「有可能呀！像她那麼有心機的人，怎麼可能會讓自己吃虧？」

「可是她說她跟姚君翔上床……」

「她說的話，能信嗎？就算是真的好了，趁人之危發生關係，是可以提起告訴的喔！如果她是同性戀的話，姚君翔不過是被玩弄而已，那他們之間根本就沒什麼。記得嗎？姚君翔說他喝醉了。」黎貝嘉邊說，邊注意著戴碧的反應。

果然，她豎起耳朵。

「聽妳這樣講，姚君翔好像才是受害者……」艾茉莉認真思考這層複雜關係。

「我只是覺得不要被性別搞混了，事實的真相或許比我們想像的更離奇。」黎貝嘉這話是說給戴碧聽的。

「是喔……」艾茉莉陷入沉思，而突然間，一道疾風從她身後閃過，眨眼之間，已少了一個人。「咦？戴碧呢？」

「溜班了。」黎貝嘉拿出手機，開始滑找某人的LINE。

※　　※　　※

「童夢唯，妳這是怎麼回事？」姚君翔把刊有她和李瑩照片的雜誌，塞到她手中。

「喔！這個呀！」童夢唯接了過來，看也不看就丟到沙發，然後走向浴室盥洗。

一雙修長的大腿毫無遮掩的展露在姚君翔面前，他卻視而不見。

他當她是哥兒們，可不是女人。

「妳說呀！」姚君翔在外等待。

「那張照片，是小燕……你知道的，就是我之前那個小女朋友拍的，她逮到我跟別人在一起的證據，要脅我不得再亂來，否則她就要把照片公布，沒想到她真的做了。」童夢唯含著牙刷走出來。

「妳不是一向很小心嗎？」

「算我陰溝裡翻船，認栽了。」

「那妳怎麼辦？」除去情敵的身分，他和她認識在先，他仍是關心她的。

「以後找女朋友比較困難了。」她回去漱口。

「為什麼我覺得妳並不是很在乎？」姚君翔皺起眉頭，疑惑道。

「我從來沒有意圖隱瞞我的性向，被公布也沒關係，只是以後要找女朋友可能沒那麼簡單罷了。而且這對你也有好處，不是嗎？」

「嗯？」

「李瑩如果是同性戀，代表她跟你並沒『關係』，戴碧應該會接受妳的。」她刷好牙，走了出來。

姚君翔瞪著她，若有所思，童夢唯忍不住雞皮疙瘩都起來了。

「你幹嘛？不會愛上我了吧？」

「這件事，妳早就知道了？」要不然她怎麼那麼鎮靜？

「誰叫戴碧喜歡你，不喜歡我，就算我要放手，也有點不甘心，只好先讓你吃吃苦囉！」所以她才接手處理李瑩的事情，並玩弄他一番。

那麼……整件事，都在她的操控之下囉？

姚君翔臉不禁抽搐起來，這個童夢唯！要不是教養太好，他向來不打女人……但是她不算女人吧？對！起碼對他來說，她不是女人。

「妳……」手機的鈴聲響起，姚君翔拿起來一看，是黎貝嘉打過來的。她曾報了不少關於戴碧的消息，讓他跟戴碧的相處如魚得水。現在她再打過來，有什麼事嗎？「喂？貝嘉，什麼事？」

「她過去囉！」

「什麼？」

「看她的方向，應該是朝你的公司過去，你快點去接她吧！」

※　　※　　※

雙輪的轉動不及奔馳的愛意，戴碧騎著她那輛重型機車，奔馳在馬路上，朝著前方而去。

經過數日來的壓抑，她明白，她還是在乎他的。

他的笑容如太陽般燦爛，道道光芒直射她的心窗，竄入了她那拒絕打開的心房。是的，根本無法否認對他的感覺。

壓抑的情感如赤日當頭，迅速的融化冰山，那傾洩而下的巨流，熱騰騰而暖呼呼，淹過腳踝、蔓延全身、幾乎沒頂……

還能假裝不在乎嗎？那個心動的男孩。

像是唯恐來不及愛似的，情濤一旦翻轉，便爭先恐後以不可阻擋之勢向前而去。

第十章

那些誤會的、抗拒的過去，都無法阻擋已開啟的情感閘門。

而另一端浩瀚的愛之洋，也興奮的接收她的到來，因為他的拍打，終於有了回應。

向來內斂而嚴謹的她，不再受個性局限，努力追逐所愛。而陽光下，那部熟悉的銀白色跑車，正向她到來。

國家圖書館出版品預行編目資料

陽光灑落冰河上 / 梅洛琳著 . -- 第一版 . -- 臺北市 : 崧燁文化事業有限公司 , 2023.02
面； 公分
POD 版
ISBN 978-626-357-044-3(平裝)
863.57　111021228

陽光灑落冰河上

作　　者：梅洛琳
發 行 人：黃振庭
出 版 者：崧燁文化事業有限公司
發 行 者：崧燁文化事業有限公司
E-mail：sonbookservice@gmail.com
粉 絲 頁：https://www.facebook.com/sonbookss/
網　　址：https://sonbook.net/
地　　址：台北市中正區重慶南路一段六十一號八樓 815 室
Rm. 815, 8F., No.61, Sec. 1, Chongqing S. Rd., Zhongzheng Dist., Taipei City 100, Taiwan
電　　話：(02) 2370-3310　　傳　　真：(02) 2388-1990
印　　刷：京峯彩色印刷有限公司（京峰數位）
律師顧問：廣華律師事務所 張珮琦律師

定　　價：299 元
發行日期：2023 年 02 月第一版
◎本書以 POD 印製